ISBN: 3-89811-254-3

RADIOLAND

Roman

1

Die Ankunft im Sendegebiet

Tobias Aschenbrenner ist ein junger Mann, der eigentlich in keiner Weise ungewöhnlich oder besonders bemerkenswert ist. Wie viele junge Medienschaffende möchte er gerne berühmt werden. Eines Tages verläßt er seine Heimatstadt und steigt in einen ICE, um das gelobte Land auf der anderen Seite der Mattscheibe zu suchen.

Mein Name ist Tobias Aschenbrenner. Das hier ist meine Geschichte. An dem Tag, an dem sie ihren Anfang nahm, einem sonnigen Januartag, war ich vierundzwanzig Jahre alt. Und ich glaubte, daß sich die Tore der großen weiten Welt demnächst für mich öffnen würden. Um mir den Weg zu viel Geld und Ruhm und Macht und Liebe und überhaupt allem freizugeben. Wie sich wenig später herausstellen sollte, taten sie das dann auch. Und fielen hinter meinem Rücken sofort wieder zu. Aber der Reihe nach. Wir wollen nicht vorgreifen. An dem Tag, an dem meine Geschichte begann, saß ich in meinem Zimmer im Haus meiner Eltern in einem Vorort von Augsburg. Wenn man bei einer so kleinen Stadt wie Augsburg überhaupt von Vororten sprechen kann. Augsburg ist eine so kleine Stadt, daß es nichts Ungewöhnliches ist, wenn man selbst in der Fußgängerzone oder vor dem Bahnhof tagelang sauberen Schnee liegen sieht. Den grauen Matsch der Großstädte kannte ich damals noch nicht so gut, wie ich ihn jetzt kenne. Und der Schnee erst, den ich an diesem Tag draußen im Garten sah. Er glitzerte in der Sonne und war rein wie die Seele eines Babys. Ab und zu wippte ein Tannenast hoch und schleuderte seine pulvrige Last empor in die Luft. Die Luft, die durch das gekippte Fenster zu mir hereindrang, war schneidend klar. Es war kalt draußen. Aber es gelang der Sonne trotzdem, daß der Schnee ein wenig taute. Tropfen von Eiswasser hingen zitternd am oberen Rand des Fensterrahmens. Es war still, nur ganz fern hörte ich fahrende Autos und die gellenden Rufe spielender Kinder. Und auch das kam mir damals selbstverständlich vor, denn die unaufhörliche Kulisse an Hintergrundgeräuschen, die einen in den Großstädten Tag und Nacht umlagert, habe ich erst später kennengelernt.

Tobias saß im Zimmer seiner Kindheit mit dem Bewußtsein, zum letzten Mal hier zu sein. Sein Gepäck stand reisefertig in der Mitte des Fußbodens. Zwei mittelgroße Reisetaschen. Nicht viel, alles in allem. Tobias Aschenbrenner hatte vor drei Wochen einen Brief vom Hamburger Blixa-Bargeld-Konservatorium für angewandte Medien- und Rockwissenschaft bekommen, in dem stand, daß sie sich dafür entschieden hatten, ihm für das nächste Semester einen Studienplatz zuzuteilen. Eine Entscheidung, auf die er schon gar nicht mehr zu hoffen gewagt hatte. Die Studienplätze waren rar, der Numerus Clausus war schwerer zu überwinden, als es die

Berliner Mauer je gewesen war und die Anzahl an potentiellen Möchtegern-Medienschaffenden war schier unermeßlich.

Ich dachte in diesen letzten Stunden weniger an das, was ich zurückließ als an das, was vor mir lag. Dachte daran, was für eine verdammt große Aufgabe es doch war, ein weltbekannter Produzent von Sendematerial zu werden. Und auf diesem Weg die Welt zu verändern. Aber ich war letztlich doch zuversichtlich, daß ich einen Weg finden würde; einen Weg ins gelobte Land auf der anderen Seite der Mattscheibe. Ich würde etwas aus mir und meinem Leben machen.

In Hamburg würde es jede Menge für ihn zu tun geben. Zuerst würde er ein Zimmer finden müssen. Von dem Zimmer hing viel ab; vielleicht mehr, als es im ersten Moment schien. Tobias mußte aufpassen, in was für eine Welt er sich da einsortierte, denn wenn er erst mal ein halbes Jahr irgendwo gewohnt hatte, würde seine Umgebung für ihn selbstverständlich sein, was ihn ihr in gewisser Weise ausliefern würde. Er kannte diesen Trick des Lebens, erinnerte sich an das Licht der Lampe neben seinem Bett, das ihm jahrelang selbstverständlich gewesen war, wenn er vor dem Einschlafen gelesen hatte und auch an das Rauschen in der Hörmuschel seines billigen Telephons, das er sich damals auf einem fernen Flughafen gekauft hatte. Diese unbemerkten Dinge waren es in Wahrheit gewesen, die ihn geformt und bestimmt hatten, in der Zeit hinter ihm, die an diesem Tag nun zur

Vergangenheit wurde. Er kalkulierte seine Chancen, wie so viele vor und nach ihm ihre Chancen kalkuliert haben und kalkulieren werden. Gierig und ängstlich im Angesicht der großen Stadt und des westlichen Traums.

Eigentlich war ich ja keineswegs ein völliger Anfänger in Hinblick auf Kunst und all das Zeug. Ich hatte mich schon sehr früh für die Mediengesetze interessiert, insbesondere was Rockmusik anging. Und das keineswegs nur aus der passiven Rolle des Konsumenten heraus: Ich konnte von mir behaupten, daß ich bereits die treibende Kraft hinter zwei größeren Rockprojekten gewesen war, die in meinem Bekanntenkreis einige Beachtung gefunden hatten. Und ich war nicht bei den traditionsverhafteten Posen und Ritualen jugendlicher Protestmusik stehengeblieben, sondern hatte schon bald über diesen formalen Rahmen hinausgeblickt auf ähnliche Kommunikationsstrukturen bei Filmen, Büchern, Computerspielen, Presseerklärungen.

In Hamburg angekommen, hatte Tobias Aschenbrenner erst einmal Glück. Er fand ein Zimmer in einer Gegend, die trotz ihrer ziemlich zentralen Lage wie eine Vorstadt wirkte: Kleine Häuschen aus roten Ziegeln inmitten kleiner Gärten, in denen das Gras und braune Erde durch die nasse dünne Schneedecke schimmerten. Es kostete vierhundert Mark im Monat, überraschend billig, was vielleicht daran lag, daß es sich um einen Kellerraum handelte, ohne Fenster. Ziemlich groß. Ein Bad und eine kleine Küche waren auch im Keller. Sonst nur noch der Heizungsraum, aus dem ein leises aber beständiges Summen drang. Seine Vermieterin war eine zerbrechliche alte Frau mit einem harten Gesicht und einem ständigen Lächeln. Das ganze Haus über Tobias Zimmer bewohnte sie allein. Tobias Zimmer war noch völlig leer bis auf eine Matratze, die die alte Frau ihm vom Dachboden herunter geschleppt hatte. An den Wänden blätterte die weiße Farbe vom schwarzen Untergrund in großen Stücken ab, so daß geradezu psychedelische Muster entstanden. Er durchstöberte alle Schubladen in der Küche. Es war genug Geschirr und Besteck für acht oder zehn Leute da und alle möglichen Küchengeräte, sogar so Unübliche wie Apfelentkerner oder Nußknacker. Alles war sehr sauber, allerdings bildete Tobias sich ein, einen schwachen abgestandenen Modergeruch wahrzunehmen. Es war eben ein Kellerraum. Ihm fiel auf, daß er dringend einen Radiokopf brauchte. Dann hätte man hören können, was die Sender der Stadt heute abend unter die Leute strahlten.

Am nächsten Tag machte sich Tobias Aschenbrenner auf zu Ikea, um Möbel für sein neues Zimmer zu kaufen. Er konnte sich aber nicht entscheiden. Am Ende kaufte er nur eine Tafel Schokolade und verließ die weiten Hallen von Ikea langsamen Schrittes. Schokolade essend ging er hinaus in das Dämmerlicht des späten Winternachmittags. Im Supermarkt nebenan gab es eine Ecke, in der viele leere Pappkartons aufgestapelt standen. Daraus baute Tobias sich eine provisorische Zimmereinrichtung. Fünf kleine

Kisten an der Wand aufgereiht faßten seine Kleidung. Ein großer fester Karton gab umgedreht einen Tisch ab, auf dem man sogar schreiben konnte, wenn man sich im Schneidersitz davor hin kauerte. Daneben die Kiste, in der seine fünf Bücher über Medienwissenschaft lagen. Er fand sogar einen Karton aus wachsüberzogener wasserabweisender Pappe, der ins Bad kam um sein Rasierzeug und seine Handtücher aufzunehmen. Das würde für die erste Zeit ausreichen. Es war sowieso besser, wenn er mit dem Geldausgeben wartete, bis er wußte, was an der Akademie an Ausgaben auf ihn zukam. Ob er sich tatsächlich die Ausrüstung anschaffen mußte, die erforderlich war, um das große Radio mit Sendematerial zu beliefern, das konnte teuer werden.

2

Begrüßung durch einen leidenschaftlichen Herrn

Wir erfahren hierin einiges über das Blixa-Bargeld-Konservatorium für angewandte Medien- und Rockwissenschaft und auch darüber, was ein Radiokopf ist - wenn wir zu den Zurückgebliebenen gehören, die das noch immer nicht mitbekommen haben..

"So, meine Damen und Herren. Ich freue mich, Sie hier und heute an ihrem ersten Tag auf dem Blixa-Bargeld-Konservatorium für angewandte Medien- und Rockwissenschaft begrüßen zu dürfen. Das meine ich durchaus wörtlich..."

Ich hörte nur halb zu. Es war zuviel Neues auf einmal; ich konnte mich nicht richtig konzentrieren. Ich saß da mitten zwischen meinen neuen Studienkollegen. Sie lauschten starr aufgerichtet oder drehten Stifte zwischen den Fingern, machten sich Gott weiß was für Notizen. Ruhige, glatte Gesichter. Ungefähr sechzig waren wir insgesamt.

"...einen praktisch wichtigen Punkt. Ich gehe davon aus, daß die Allermeisten von Ihnen bereits wissen, was ein Radiokopf ist, und wie man Ihn bedient. Ich spreche dieses Thema aber noch einmal an für den Fall, daß unter Ihnen noch Einer oder Mehrere sein sollten, die hierüber (aus welchen Gründen auch immer) noch nicht ausreichend informiert sind. Das große Radio ist, auf der materiell-technischen Ebene nichts, als eine Mischung aus Telephon, Computer, Radio und Fernsehen. Durch Registrierung von Lautstärkeveränderung, Um- und Ausschaltvorgängen kann das Programm unmerklich an den jeweiligen Benutzer angepaßt werden. Hierbei spricht man von unbewußtem Feedback. Demgegenüber besteht das bewußte Feedback in der dem Zuschauer eingeräumten Möglichkeit, die von ihm abgerufenen und konsumierten Beiträge über die Tastatur zu bewerten..."

Dann sagte er noch, daß die Akademie direkt von der EU finanziert wurde und nicht einfach nur ein Fachbereich der Universität war. Jetzt wurde mir klar, woher sie die ganze Kohle hatten. Denn die Architektur der Akademie war einigermaßen bombastisch. Sie lag in der feinen Gegend an der Außenalster, nur wenige Minuten vom Hauptbahnhof entfernt. Ein postmodernes Gebäude mit vielen Erkern und Balkonen, strahlend weißer Rauhverputz bezeugte seine Neuheit. Es war so schick und neu, daß es fast ein wenig vulgär wirkte zwischen den altertümlichen Villen in seiner Nachbarschaft. Man mußte an eine Zahnpastatube denken. Fensterbretter, Regenrinnen und überhaupt alle Metallteile waren lila. Als ich vorhin zum ersten Mal etwas eingeschüchtert durch die große Drehtür am Eingang geschritten war, war ich auf einen breiten Gang mit gewölbter Decke und vielen Hydrokulturen gekommen, der mich auf einen Innenhof unter einer ziemlich großen Glaskuppel gebracht hatte. Dort standen die Tische und Stühle eines Cafés um einen großen

Springbrunnen. Das sah mehr aus wie ein Messezentrum und ich hatte mich schon gefragt, ob ich falsch war. Aber es waren doch zu viele Leute in meinem Alter anwesend, die an Kleidung und Gehabe mehr oder weniger eindeutig als Möchtegern-Medienschaffende zu erkennen waren.

"...die einzige Grenze, die Ihnen hier auf dieser Schule gesetzt ist, ist die der technischen Machbarkeit. Eine Grenze, die sich jedes Jahr mit rasender, atemberaubender Geschwindigkeit weiter nach vorne verschiebt. Darauf sind wir stolz. Es liegt an Ihnen, die ungeheuren Möglichkeiten, die Ihnen diese Akademie bietet, auch auszuschöpfen. Wie groß Ihre Träume auch immer sein mögen, sie sind jedenfalls verschwindend winzig verglichen mit dem, was mit den Mitteln des großen Radios eigentlich möglich wäre. Was für Träume das im Einzelnen sind und auf welche konkreten Aussagen Ihre Arbeit hinausläuft, ist uns und Ihren zukünftigen Arbeitgebern völlig gleichgültig. Finden Sie irgendeine Richtung und bewegen Sie sich sehr schnell und sehr weit in diese, dann soll es uns auf die genaue Richtung nicht ankommen. Wir brauchen neue Probleme und als Antwort auf diese Probleme neue Trends, neue Moden. Und als Antwort darauf wieder neue Probleme. Finden Sie diese für uns. Die Gesellschaft darf nicht stillstehen, das ist alles, worauf es ankommt. Sie muß sich weiterentwickeln, denn sonst würde Bilanz gezogen werden und das wäre fürchterlich. Die Entwicklung der Zivilisation ist nichts, als ein ständig neues Hinüberretten von Zusammenbruch zu

Zusammenbruch. Deshalb sollten Sie sich ständig in einem halbfertigen, noch unbewertbaren Übergangsstadium befinden. Versuchen Sie nicht, etwas fertig zu machen oder klar heraus zu arbeiten. Hangeln Sie sich einfach von einem tragenden Effekt zum nächsten. So wird Kunst gemacht, sie ist nichts als eine Ansammlung von Ausflüchten.

Liefern Sie überzeugende Arbeit, liefern Sie starke Effekte, und Ihre Träume werden die zukünftigen Träume der Massen sein, die sich in den Städten drängen. Diese Akademie braucht Sie. Leere, kahle Räume warten auf Sie. Von Ihnen abgesehen gibt es im Radioland hinter der Mattscheibe nur statisches Rauschen. Drum reden Sie, sonst herrscht die Stille. Wir brauchen hier Leute mit langem Atem."

Da ich im Moment offenbar nicht befürchten mußte, wichtige Fakten zu verpassen, wenn ich nicht so genau zuhörte, überflog ich das kopierte Blatt mit dem Stundenplan, das ich vorhin bekommen hatte. Fast dreißig Wochenstunden, ganz schön viel. Vorlesungen und praktische Arbeitsgruppen. Die Vorlesungen hatten Namen, unter denen ich mir nichts Genaues vorstellen konnte: "Urrhythmen und archaische Bildmuster", oder "Kompetente Besetzung sozialer Rollen im Alltag", abgekürzt KomBeSoz. Dann gab es "Lockungen I: Weite/Schönheit/Gefahr". Etwas mehr konnte ich mir vorstellen unter "Grundkurs Kulturgeschichte: Evolution der Gefühle von 1950 - 1999" und "Gefühlsmäßige Erfaßbarmachung von Fakten. Wenigstens die

Arbeitsgruppen hatten nicht so abgedrehte Namen. Hier wurde die Erstellung von Sendematerial praktisch geübt: Man lernte, wie man Computergraphiken erzeugte. Man lernte, wie man im grenzenlosen mikroelektronischen Weltall im Inneren des großen Radios jedes je von Menschen gehörte oder ungehörte Geräusch zum Klingen brachte. Man lernte auch, wie man äußerlich und innerlich Haltung einnahm, wie man etwas Bestimmtes verkörperte. Insgesamt fast dreißig Wochenstunden, wie gesagt. Und zu Hause mußte man bestimmt noch zusätzlich lernen. Da würde nicht viel Zeit für ein Leben außerhalb der Akademie übrigbleiben.

"...sie ja bereits erwachsene Menschen sind und wie ich hoffe, einen gesunden Sinn für Realitäten entwickelt haben, ist Ihnen sicherlich klar, daß nur ein Teil von Ihnen, eine ausgewählte Minderheit, das Glück und die Begabung haben wird um später hauptberuflich professionelle Medienarbeit zu machen. Sie dürfen also keine Hemmungen zu haben, sich durch außergewöhnliche Worte und Taten von ihren anderen Kollegen hier im Raum abzugrenzen. Aber ich hoffe, daß Sie sich von dieser unsicheren Berufsperspektive nicht abschrecken lassen. Ich kann Ihnen versprechen, daß das Erlebnis, hier auf diesem Konservatorium zu sein und für das große Radio zu arbeiten, derartig intensiv ist, daß es sich für Sie später in jedem Fall gelohnt haben wird. Das große Radio ist eine so großartige Sache, eine derart kühne Vision, daß es ein Privileg ist, all seine Energie da hinein stecken zu dürfen.

Letztes Semester haben wir die Möglichkeit geschaffen, in den Arbeitsräumen und Hörsälen zu übernachten. Bringen sie also gleich morgen ihren Schlafsack mit. In den nächsten Monaten und Jahren wird sich Ihr Leben hauptsächlich in diesem Gebäude hier abspielen. Sie werden keine Zeit mehr haben, Reisen zu machen oder nächtelang in Discotheken rum zu stehen. Diese scheinbare Einengung Ihres Lebens birgt aber in Wahrheit ein unglaubliches Maß an Freiheit. Denn das große Radio transportiert Ihre Werke in jedes Zimmer in jeder Stadt. Die verschiedensten Sorten von Menschen werden Ihre Sendeprodukte betrachten und Ihre Gefühle miterleben. Es wird nichts mehr geben, das fremd oder unwesentlich für Sie sein wird in dieser Gesellschaft, die nur noch durch das große Radio zusammengehalten wird. In diesem Sinn, meine Damen und Herren, wünsche ich Ihnen einen angenehmen Studienbeginn."

Applaus. Seine Rede war gut angekommen. Die ersten standen bereits auf und drängelten Richtung Ausgang. Ich blieb sitzen, bis es leerer geworden war. Da fiel mir ein Mädchen auf, das vier Reihen unter mir stand und wartete, daß die Leute vor Ihr Platz machten. Sie sah eigentlich nicht besonders gut aus. Ihre glatten hellblonden Haare waren zu einer Art Topfschnitt geschnitten und so dünn, daß man stellenweise die rosa Kopfhaut durchschimmern sah. Sie hatte dunkle glänzende Augen, die aussahen wie bei einem nachtaktiven Nagetier. Als ich sie aus meiner Zuschauerposition beobachtete, wie sich eben in Großstädten

Menschen beobachten, die räumlich nicht weit voneinander entfernt sind ohne sich zu kennen, sah sie mich an. Unsere Augen klebten kurz aneinander, was mir unangenehm war, weil ich mich ertappt fühlte. Ich sah weg. Ich wartete, bis der Raum fast verlassen war und ging als einer der Letzten, allein, wie ich gekommen war.

3

Eine liebenswerte Maschine

Nun lernen wir eine erstaunliche und wirklich liebenswerte Maschine kennen, die in sich die zauberferne Wunderweite trägt, in der sich Tobias Aschenbrenner voll und ganz verlieren möchte.

Als Tobias Aschenbrenner die Uni verließ, war früher Nachmittag. Das Wasser der Außenalster war grau wie der diesige Winterhimmel. Auf der anderen Seite sah er die roten Warnlichter des Fensehturms blinken. Tobias ging zur Fuß über den nassen knirschenden Kies der verlassenen Wege am Ufer in Richtung Kennedybrücke. Er mischte sich unter das hell beleuchtete Gedränge der Leute in der Innenstadt. Dann betrat er eins der großen Kaufhäuser, wo es die Radioköpfe zu kaufen gab.

Dort waren sie. Ganz am hinteren Ende der Reihe stand ein Kleiner aus schwarzem Plastik. Sein Design war etwas altmodisch, und zwar war er in der gedrungenen fliehenden Kampfhund-Form gehalten, die man in den frühen neunziger Jahren Autos, Fernsehern und Cassettenrecordern mit CD-Player verpaßt hatte.
"Was kostet denn der da drüben, bitte?"
„Sonderangebot. Zweitausendsechshundert. Der Billigste in der ganzen Stadt. Und ich sag dir, das ist das Ding auf alle Fälle wert. Vor vier Jahren war das technische Spitze. Solide gemacht. Hat bereits eine von diesen neuen Kameras eingebaut, bei denen die

Auflösung so hoch ist, daß sie auch die Pupillenreflexe des Benutzers auswerten können. Die Software ist lernfähig, das heißt, sowohl bei der Eingabe wie auch bei der Ausgabe paßt sie sich deinen Eigenarten und Gewohnheiten an. Umständliche Verfahren, die du öfters ausführst, werden sich nach und nach ganz unmerklich und von allein immer weiter vereinfachen, bis du dein Ziel schließlich mit einem einzigen Knopfdruck erreichst. Und das Gleiche gilt umgekehrt auch für die Ausgabe: Programmteile, die dich erfahrungsgemäß langweilen, werden von allein entfernt. So könnte es sein, daß der Radiokopf feststellt, daß dich in Filmen Dialoge mit mehr als sagen wir mal vier Minuten Dauer stets langweilen. Der Radiokopf registriert das und nach einer Weile läßt er solche störenden Programmteile gar nicht mehr auf dem Bildschirm erscheinen. Da der Radiokopf auch die Teile deiner Körpersprache auswertet, die du nicht bewußt kontrollierst, weiß er besser als du, was du sehen willst. Durch diese ständige Anpassung von Ein- und Ausgabe an deine Persönlichkeit wird immer weniger Kommunikation zwischen dir und dem Radiokopf erforderlich. Der Idealfall wäre, daß du und dein Radiokopf schließlich so perfekt miteinander harmonieren, daß du keinerlei Eingaben mehr machen mußt während der Radiokopf ein gleichmäßiges Programmsignal sendet, daß deiner Persönlichkeit so genau entspricht, daß es deine Aufmerksamkeit zu hundert Prozent in Anspruch nimmt."

"Klingt ja phantastisch."

"Ja. Ein Haken an der Sache wäre allerdings, daß die Bandbreite des für dich zusammengestellten Programmes sich in dem Maß, in dem der Radiokopf deine Vorlieben und Abneigungen kennenlernt, immer weiter verengen würde. Je genauer der Radiokopf weiß, was du willst, desto weniger muß er ausprobieren. Das würde bedeuten, daß sich das Fenster in die weite Welt, das das Gerät ist, langsam schließen würde und du zunehmend in deinem eigenen Saft schmoren würdest. Deshalb bleibt bei der Programmauswahl und auch bei der Registrierung deiner Eingaben immer ein gewisses Zufallselement im Spiel. Nur dadurch, daß du neuartigen, zufällig ausgewählten Programmteilen ausgesetzt wirst, kann der Radiokopf neue Interessen und Entwicklungen bei dir erkennen. Jeder Evolutionstheoretiker weiß, daß Weiterentwicklung nur durch Zufall und Chaos möglich ist.

Eine weitere Funktion ist der "Social Message Dresser"."

"Was ist denn das?"

"Hat sich, historisch gesehen, aus der Serienbrieffunktion entwickelt, mit der die Textverarbeitungsprogramme der frühen Computertage ausgestattet waren. Der Radiokopf übersetzt einen Inhalt, den Du über die Tastatur eingibst, in einen sozial adäquaten Tonfall, bevor er sie dem Empfänger zusendet. Vergiß nicht, daß er über die Leute, mit denen du in Verbindung stehst, fast alles weiß, was du auch weißt. Wenn du also ein Bewerbungsschreiben an eine bestimmte Firma senden willst, gibst du nur noch ein "WILL DEN JOB" oder so und der Radiokopf macht daraus eine perfekte Bewerbung. Geht genauso gut auch bei Liebesbriefen."

Das waren ja großartige Möglichkeiten. Tobias war sich noch nicht sicher, ob er die Tragweite des Gesagten auch voll und ganz erfaßt hatte. Vielleicht konnte er ja seine Gitarrenakkorde durch den "Social Message Dresser" laufen lassen und bekam so glasklar und glatt produzierte poppige Ohrwürmer?

"Das ist aber noch nicht alles. Es gibt auch noch den "Social Message Undresser". Der arbeitet genau umgekehrt; reduziert jede Botschaft auf ihren tatsächlichen Gehalt. Das Beste kommt aber noch: Der "Personal Image Preserver". Durch die Kontrolle deiner Gestik und Mimik registriert der Radiokopf Verhaltensmuster von Dir, mit denen du, vielleicht auch nur unterbewußt, nicht zufrieden bist. Beispielsweise Schüchternheit oder Jähzorn oder was weiß ich, geht mich ja nichts an. Diese Muster blendet der Radiokopf bei der Kommunikation über den Bildschirm automatisch aus. Und wenn du allein bist, wirst du zum Beispiel das Programm mit deiner Arbeit nicht beenden können, wenn du es innerlich noch nicht wirklich willst, weil du sonst ein schlechtes Gewissen haben müßtest. Und du wirst auch keinen Film sehen können, den du dich zu sehen schämen würdest. Der Radiokopf bewahrt dich so vor Konflikten mit dir selbst und wird zum Exoskelett deiner in freier Selbstbestimmung gewählten Persönlichkeit."

"Was ist ein Exoskelett?"

"Eine Art Panzer. Bei Insekten."

"Gekauft."

Als ich dann zu Hause war und die zähe Verpackung auffetzte, riß mir ein Fingernagel ein. Da stand er mitten auf dem kahlen Kellerboden meines Zimmers. Für die Gebrauchsanweisung hatte ich keine Zeit. Ich steckte den Stecker in die Steckdose und Mist - natürlich, an die Telephonleitung mußte ich ihn auch noch anschließen. Und was, verdammt, wenn es in diesem Kellerloch keinen Telephonstecker gab? Doch, da war einer neben der Tür. Aber der war bestimmt tot. Vielleicht konnte man das Ding auch starten, wenn es nicht online war. Wenigstens bißchen was mit ihm machen. Ich steckte den Telephonstecker ein und drückte den ovalen schwarzglänzenden Power-Knopf. Ein sattes leises Knacken in den beiden Boxen. Das Grau des Bildschirms wurde heller, aber dann sah man in der Mitte des Bildschirms nur eine knappe Botschaft in tiefroten Lettern:

INITIALISING LINE - PLEASE WAIT, MR T.ASCHENBRENNER
Tiefrote Lettern. Nanu? Na, da schau her! Tolle Sache, das! War mir zwar nicht ganz klar, wie das möglich war. Wahrscheinlich hatte die alte Hexe über mir früher mal hier unten ein Telephon stehen gehabt und es irgendwann weggenommen, ohne die Leitung abzumelden. Alte Leute haben oft wenig Ahnung von Technik. Und lesen ihre Telephonrechnungen oft nicht sehr genau. Na egal, dann war ja soweit alles gut. Und woher sie meinen Namen hatten, war mir auch egal. Toll! Und was jetzt? Wohl nur

abwarten. Da, der Text hatte gewechselt. Aber als ich mich vorbeugte, um zu lesen, verschwand die Botschaft wieder, die kurz aufgeflackert war, und auf dem Bildschirm stand wieder nur der alte Satz. Initialising line. Please wait, Mr T.Aschenbrenner.

Dann erhob sich aus den Lautsprechern ein leiser Vielklang in wuchtigen Bässen und glasklaren Höhen, ähnlich, wie bei einer Orgel, bei der alle Register gezogen sind. Der Bildschirm strahlte in einem satten Purpurrot auf, das langsam den Weg über das ganze Farbspektrum mit unzähligen Zwischenschritten nahm, um zu einem ozeantiefen Kobaltblau zu erkalten. Und dann hörte ich eine leise Frauenstimme hauchen:

Sag etwas. Gib mir etwas ein.

Ich fuhr herum und da war natürlich niemand und da der Satz auch auf dem Bildschirm stand, konnte es keinen Zweifel daran geben, daß meine neue Maschine hiermit den Betrieb aufgenommen hatte. Und jetzt?

Warum hatte ich nicht erst die Gebrauchsanleitung gelesen? Wenn ich jetzt an den Einstellungen etwas veränderte, würde es vielleicht ewig dauern, bis ich raus fand, wie ich das wieder rückgängig machen konnte. Aber vielleicht war Abschalten jetzt auch verkehrt. Ich kniete mich vor die Tastatur und nach kurzem Zögern fiel mir nichts Besseres ein als:

Hallo.

4

Der elektrische Ozean

Tobias und der Radiokopf lernen sich näher kennen. Vorerst bleibt aber noch eine gewisse Distanz des Mißtrauens zwischen ihnen.

Einen Moment nichts, dann die Antwort:

Hallo Tobias Aschenbrenner.

Bitte geben Sie mehr Text beliebigen Inhalts ein.

Überrascht schrak ich zusammen, denn es war nicht mehr die Frauenstimme, die das sagte, sondern die eines Mannes um die Vierzig, eine Geschäftsmannstimme, seriös, energisch und unpersönlich. Der Bildschirm gab mir keine Erklärung für diese Veränderung. Oberhalb des Bildschirms die Pupille der Kameralinse.

Ich zuckte demonstrativ hilflos mit den Achseln und tippte:

Tut mir leid, daß es bei mir noch so kahl aussieht.

Die Pappkisten sind nur provisorisch.

Ich wohne noch nicht lange hier.

Es war natürlich ziemlich bescheuert, sich einer Maschine gegenüber zu entschuldigen. Aber ich hatte in diesem Moment das Gefühl, daß hinter dem blauleuchtenden Bildschirm die gesamte Weltöffentlichkeit bereitstand, um in mein Zimmer zu spähen. Und vor der durfte man sich nicht blamieren. Auf der Mattscheibe war jetzt das fotorealistische Abbild eines leeren Waschmittelkartons aufgetaucht. Es hing dort einen Moment, drehte sich langsam um sich selbst, wurde dann kleiner, schien in der korallenblauen Hintergrundtiefe zu verschwinden und explodierte überraschend in einen Haufen Fetzen, die mir wie Tierköpfe und Blüten vorkamen. Es ging aber zu schnell, sie waren sofort wieder verschwunden, so daß man nichts mit Sicherheit erkennen konnte. Jetzt wieder blaue Leere. Der Radiokopf sprach erneut und zwar diesmal mit der Stimme einer gutmütigen ältlichen Frau. Ich hatte den Eindruck, daß es eine ziemlich dicke Frau sein mußte, wenn es sie tatsächlich irgendwo geben sollte, und sie hatte einen resigniert seufzenden Unterton.

Mach Dir da keine Gedanken.

Es wird aussehen, wie Du willst.

Warum wohnst Du noch nicht lange hier?

Darauf gab es keine sinnvolle Antwort, jedenfalls keine kurze. Was auch immer ich eintippen wollte, ich kam nicht dazu. Denn ganz kurz bevor meine Fingerspitzen die weiße Tastatur berührten, schrie der Radiokopf plötzlich donnernd:

Halt!

Die runde schwarze Kamerapupille oben auf dem Bildschirm. Ich saß starr da und war ratlos. Die Maschine benahm sich ja merkwürdig. War vorhin beim Transport vielleicht was kaputt gegangen? Da meldete sie sich wieder. Mit der verführerisch-leisen Frauenstimme, die er als erstes benutzt hatte.

Tut mir leid, Tobias.

 Ich wollte Dich nicht erschrecken.

 Bitte tippe Deine Eingabe jetzt ein.

Und ich antwortete:

Was ist los mit Dir?

Warum hast Du geschrien?

Tut mir leid, Tobias.

Das war nur ein Test.

Ich wollte wissen, wie Du reagierst.

Warum änderst Du andauernd Deine Stimme?

Stört Dich das?

Das ist nur jetzt am Anfang.

Wir beide werden ausprobieren, was Du magst.

Und was Du nicht magst.

Bitte gib mehr Text beliebigen Inhalts ein.

Ein japanisches Schriftzeichen schaukelte langsam den Bildschirm hinab, kunstvolle Tuschkalligraphie.

Fünfeinhalb Stunden später hatten Tobias und der Radiokopf sich soweit aneinander gewöhnt, daß Tobias es wagte, zum ersten Mal online zu gehen. Das letzte Mal hatte Tobias vor fünf oder sechs Jahren vor einem Computer gesessen. Aber dieser Apparat hier war etwas ganz anderes. Menüboxen waren Türen in dahinter liegende Räume. Ein Labyrinth und eine grenzenlose geheime Spielwiese. Das schönste daran war, daß jedes Geräusch und jeder Bewegungsvorgang auf Abruf bereit stand, um beliebig oft wiederholt zu werden. Man mußte keine Angst haben, etwas zu verpassen oder mißzuverstehen, denn hier war alles pixelgenau das, was es schien. Gleich in aller Menschen Augen. Stimmen begrüßten Ihn mit unverbindlicher Höflichkeit, andere Stimmen drängten lockend hinzu und warben um seine Aufmerksamkeit. Ein neuer Benutzer hatte zum ersten Mal eingeschaltet! Das aktivierte überall von der deutschen Bank bis hin zu dubiosen Briefkastenfirmen Subprogramme von unterschiedlicher Aufdringlichkeit. Bilder schoben sich in sein Blickfeld und entfalteten sich. Bilder von lachenden Augen, grell flackernden Mündern, feinadrigen Blättern, Felsenlandschaften. Er schob sie beiseite, wie der Radiokopf es ihm gezeigt hatte, ohne auf sie einzugehen, obwohl sie sein Interesse geweckt hatten. Die sanfte Stimme des Radiokopfs hatte ihn gewarnt, daß es teuer werden konnte, sich in ihnen zu verlieren. Tiefer hinein ging es. Tobias kam zu einer zentralen Weggabelung und entschied sich für den linken Gang. Er wußte, daß es unzählige Andere im Sendebereich des großen Radios gab, die sich in genau der gleichen Situation befanden wie er, an der selben Stelle des Programms die selben Stimmen hörten. Von ihm nur durch den winzigen Abstand getrennt waren, der die stromleitenden Bahnen auf einem Mikrochip voneinander trennt. Er wußte, daß es möglich war, mit Ihnen in Verbindung zu treten, aber er würde damit noch etwas warten, bis er die Bedienung des Radiokopfs sicher beherrschte. Diese ineinander verschachtelten Computerprogramme, deren alterslose Farbgraphiken nie ausbleichen würden, kamen Tobias wie ein sehr großstädtischer Ort vor. Er kam sich vor, als wäre er sozusagen in der Gebärmutter der großen Mama, die die Gesellschaft war. Die große Mama der Gesellschaft war eine Person, deren Vorhandensein er seit seiner frühen Kindheit spürte. Sie war keine Institution, sondern jemand mit menschlichen Schwächen, manchmal sentimental, manchmal unberechenbar oder verlogen. Bereits als kleines Kind hatte er abschätzig ihre immer wieder aufs Neue vergeblichen Versuche beobachtet, verständliche Gebrauchsanweisungen abzufassen.

Da mußte tatsächlich irgendwo ein menschliches Wesen hinter all dem stecken, denn die Werbesprüche und halb verständlichen Liedtexte und Zeitansagen sprachen Tobias direkt an auf eine ganz persönliche Weise. Die hallenden Stimmen von Büchern in seinem Kopf und die Phantome von Berühmtheiten, die nach bestimmten komplizierten Spielregeln Eindruck auf ihn machten. Worte, die von dort kamen, drangen tief in sein Inneres. Sie zählten objektiv mehr als alles, was sonst jemand zu ihm sagte, was vielleicht daran lag, daß die Beziehung im Hintergrund dieser Botschaften so konkurrenzlos langfristig war. Tobias kannte die Mama auf intime Weise, er war einerseits abhängig von ihr und war andererseits stolz auf die Professionalität, mit der es ihm oft gelang, sie auszutricksen. Oh ja, sie ließ es einen spüren, wenn sie einen mochte: Dann schmeichelte sie einem mit neuen Kleidern zu Beginn jeder neuen Jahreszeit. Wenn man im Winter ein großes Kaufhaus betrat, dann blies sie einen mit einem warmen Luftstrom an. Das war schön. Aber wenn man sie ein bißchen verärgert hatte, dann knallte sie einem die Bustür vor der Nase zu und ließ einen auf den nächsten warten. Wenn es etwas Ernstes war und das Verhältnis zu ihr wirklich schieflag, dann konnte sie ihre Aufmerksamkeit von einem abwenden und dann konnte das Pickel von billigem Essen bedeuten oder kalte Nächte ohne ein Dach über dem Kopf oder Bedeutungslosigkeit. Alles hing letztlich von ihr ab, deren Phantasie, einem neue Arten von Joghurts für das Frühstück zusammenzurühren, keine Grenzen kannte. Vielleicht war die große Mama für Mädchen ein großer Papa. Sie waren schön für die zentrale Schnittstelle der Gesellschaft, weil es zu riskant war, nur für einen bestimmten Mann schön zu sein.

Und das Ding hier war die reinste, exakteste Verkörperung des Wesens der großen Mama, die er je gesehen hatte. Dieser farbenfrohe Ort im Inneren des Computers war gemütlich und lebendig wie ein Herdfeuer. Es mußte ihre Gebärmutter sein, ihr tiefstes Inneres. Am wärmsten, am sichersten, am besten durchblutet. Ein hoffnungsvoller Ort, ein Ort für etwas Neues: Hier würde Tobias den Samen seiner Musik aussähen und wenn der aufging, dann würde er vielleicht hoch emporwachsen und vielleicht würde er nicht nur Tobias Geld und Ruhm bringen, sondern ganz vielleicht sogar die Decke dieser Höhlenwelt durchbrechen und seine zarten Triebe vorsichtig in die rauhen Winde der Wirklichkeit strecken und diese verändern.

Tobias machte noch einen kleinen Streifzug und bestaunte die verschiedenen Möglichkeiten. Vorsichtig berührte er das eine oder andere bunte Ding, aber er achtete vorsichtig darauf, nichts kaputt zu machen und keine Verträge abzuschließen. Etwa um halb vier Uhr nachts klinkte er aus, sagte dem Radiokopf gute Nacht und legte sich zufrieden schlafen. Den Kopf voller angenehm verwirrter Gedanken. Und zum ersten Mal lag er in der fensterlosen Dunkelheit seines Kellerzimmers, ohne daß ein Gefühl von Einsamkeit oder Fremdheit in seinen Träumen mit schwang.

In der Nacht schreckte ich plötzlich hoch. Finsternis umfing mich. Im ersten Moment war mir nicht ganz klar, was da nicht stimmte. Aber noch bevor meine tastenden Finger den Schalter der Lampe gefunden hatten, dämmerte es mir schon: Der verdammte Heizungsraum. Die ersten Nächte hatte mich das ständige leise Summen oft irritiert, dann hatte ich mich daran gewöhnt. Aber jetzt war es plötzlich angeschwollen. Ein metallisches Schnarren, ein dunkles Röhren wie ein schweres Motorrad, das tausend Meter unter mir Richtung Hölle raste. Verdammt! Das Geräusch war nicht wirklich laut, aber man konnte auch nicht sagen, daß es eins von diesen leisen Hintergrundgeräuschen war, die ein Mensch mit einem gesunden Nervenkostüm ohne Weiteres hinnehmen sollte. Es war sozusagen entweder ein leises Geräusch, das sehr durchdringend war, oder ein verdammt lautes Geräusch, das sich sehr zurückhielt. Jedenfalls nervte es. Ich sprang auf und rannte wütend zur gelben Stahltür des Heizungsraums, rüttelte daran. Die war natürlich verschlossen. Da wurde mir klar, daß das Geräusch überhaupt nicht von hier kam. Hier vor der Tür war das Brummen leiser, als in meinem Bett. Ich ging zurück in mein Zimmer und stand vor der Quelle: Das schwarze gedrungene Gehäuse, mein neues Besitzstück. Und mir dämmerte die schreckliche Wahrheit: Entweder der Radiokopf war nicht richtig entstört, oder der Transformator brachte das Gehäuse zum Vibrieren. Ach, drum war er also so billig gewesen. Vor Wut trat ich mit meinem nackten Fuß so fest gegen die Wand, daß ein großes Stück Putz abbröckelte. Was sollte ich tun? Stecker rausziehen? Ach, das ging blöderweise auch nicht, weil ein Radiokopf immer an der Leitung bleiben mußte um eintreffende Nachrichten zu empfangen und jedesmal, wenn man ihn von der Leitung nahm, mußte er neu initialisiert werden, was ein komplizierter und zeitaufwendiger Vorgang war. Die Meisten hatten sogar einen Akku, extra für Stromausfälle. Also, was tun? Ach, vielleicht war das Geräusch ja gar nicht so schlimm; vielleicht war es ja gar nicht so laut und man konnte wunderbar einschlafen, wenn man sich erst mal dran gewöhnt hatte. Ich legte mich also wieder ins Bett, war aber so wütend, daß ich noch ein paarmal aufsprang, um auf das Kopfkissen einzuprügeln. Schließlich wurde mir auch das zu blöd. Das Brummen blieb bei mir, füllte mein dunkles Zimmer und wachte über meine Träume.

5

Sex und Sachlichkeit

Was machen drei kreative Köpfe nachts zusammen in einem engen dunklen Raum? Und wer von ihnen ist ein Profi, wer bloß ein Träumer?

Als Tobias aufwachte, fiel ein Würfelmuster aus blassen Lichtflecken durch das Gitter des Entlüftungsschachts. Das Brummen des Radiokopfs hatte sich mysteriöserweise in ein wunderfeines, gläsern klares Zirpen verwandelt; hoffentlich blieb es so. Tobias machte sich auf in Richtung Akademie. In der Pause fragte er das Mädchen von gestern, ob sie am Abend mit ihm essen gehen wollte. Sie sagte ja. Sie hieß Anja. Der Tag verging, ein sonniger Wintertag, kalt, viel Wind. Tobias saß in seinem Zimmer und fand heraus, daß die Firma, die den Radiokopf hergestellt hatte, aus China kam und in Deutschland kein Servicenetz hatte. Sie hatten sich für neun verabredet.

Es war fast ganz leer, aber an einem der hinteren Tische saß Anja. Die Abgetragenheit ihrer Kleidung hatte sich auch auf ihr filigranes Gesicht ausgebreitet, das einige deutliche Falten aufwies, die bleiben würden. Sie erzählte gleich als erstes, daß sie die ganze Nacht im Schneideraum verbracht hatte. Natürlich, sie machte ja auch ihre bestimmte Art von Sendematerial und versuchte damit berühmt zu werden wie alle. Ich würde sie gleich danach fragen, obwohl es mich eigentlich nicht interessierte. Nichts interessiert einen aufstrebenden jungen Medienschaffenden weniger als das, was seinesgleichen macht.

"Was machst du ?"

Sie atmete tief durch.

"Ich weiß nicht, ich kann mich eigentlich gar nicht festlegen. Hab zum Beispiel zwei Jahre lang Lichter gemacht, bevor ich mit der Musik angefangen habe. Mach überall mit, mag alles. Wenns nur professionell ist. Bin so ne Technikerin, steh auf Professionalität."

Das war überraschend. Hatte ich doch bis jetzt gedacht, daß jeder von meinen Mitschülern ein Hohepriester seiner eigenen, alleinseligmachenden Art von Musik wäre. Das war doch der Weg zur Berühmtheit, daß man seinen eigenen unverwechselbaren Stil entwickelte! Und hier war ein Mädchen, dem der Stil, die Message, die gefühlsmäßige Substanz der Musik gleichgültig war und die sich anstatt dessen nur für das technische Handwerkszeug interessierte, das mir immer etwas spröde vorkam.

"Singst du auch?"

Sie schaute mich sehr ernst an.

"Nicht mehr. Hab ich früher mal. Aber da gibts keine Aufnahmen von. Und ich hab aufgehört, für immer."

Nach meiner Vorstellung von einem ordnungsgemäß verlaufenden Gespräch sollte ich sie jetzt fragen, was für eine Art von Musik sie denn privat bevorzugen würde. Da zuckte sie mit den Schultern:

"Keine. Und alle. Was professionell gemacht ist. Was überzeugen kann."

Gab es das überhaupt? Ich forschte noch einmal nach:

"Aber es muß doch etwas Bestimmtes geben, was dich beeindruckt. Ich meine - jeder steht doch irgendwo, hat doch seinen bestimmten Stil."

Aber sie schüttelte den Kopf.

"Nein. Wonach es klingt, ist mir gleichgültig. Wenn es nur auf seine Weise perfekt und sauber herausgearbeitet ist. All die Typen an der Akademie halten sich endlos lang damit auf, über die Richtung zu debattieren. Ich hab damit keine Probleme. Ich arbeite einfach. Woran auch immer."

Das klang so, wie sie es sagte, sehr endgültig. Ich hatte das Gefühl, daß das Gespräch vielleicht in eine andere Richtung gehen sollte.

"Ich werde ne ganz neue Art von Sound machen. Deswegen bin ich nach Hamburg gekommen. Gestern hab ich mir nen Radiokopf gekauft; erstmal find ich raus was man damit alles machen kann und dann entwickle ich eine ganz neue Art von Bildersound. Umrahmt von Messages und anderen Textversatzstücken. Untermalt mit realistischen Hintergrundgeräuschen. Er wird Erfolg haben."

Ich wartete auf ihre Reaktion.

„Klingt - ehrlich gesagt - langweilig. Bis jetzt." Sie lächelte mich nett an. Anja war eine gute Zuhörerin, sie ging ganz in dieser Rolle auf. Ich nahm alle Kraft zusammen, um ihr klar zu machen, daß ich kein Spinner war sondern was ganz Besonderes mit viel Talent. Und daß ich sozusagen wußte, wo es in künstlerischer Hinsicht lang ging. Sie schien mir zu glauben - hatte ich also schon eine Person in der Stadt auf meiner Seite. Diese disziplinierte Technikerin nahm mich mit zu sich nach Hause, was mir recht war, weil mein Kellerzimmer mit den Pappkartons und dem leise brummenden Radiokopf ebensowenig vorzeigbar war, wie es ein netter Ort war, um allein zu sein.

Anja wohnte in einem Studentenwohnheim. Ihr Zimmer war gerade groß genug für ihr Bett, einen Schrank, einen Stuhl und ihr Sammelsurium an hochklassiger Elektronik. Der Radiokopf, der auf der Tischplatte kauerte, war meinem in jeder Hinsicht weit überlegen. Er verbreitete eine vornehme Stille. Sie hatte keinen zweiten Stuhl, also setzten wir uns auf den Fußboden. Ich sah an der Wand neben mir empor und entdeckte ein Poster, auf dem man einen Düsenjet hoch über den Wolken sah, das Metall gleißte und spiegelte das Feuer des Sonnenlichts im schnellen Flug hoch über dem konturlosen Dunst. Mir fiel auf, daß in der anderen Zimmerhälfte ein Zettel auf dem Boden lag. Von der Entfernung her hätte ich ihn vielleicht lesen können, aber das eine Bettbein versperrte mir die Sicht.

„Nett hast du es hier."

„Nicht viel Platz, aber dafür hab ich sechshundervierzig Megabyte Arbeitsspeicher. Achtzigkanalboxen, die nicht bloß das menschliche Klangspektrum abdecken, sondern nach oben und unten noch viel Spielraum haben. Und sofortigen Zugriff auf alles, weltweit."

Sie sah mich schräg an. Ich lächelte zurück. Ich fühlte mich gelöst und sicher. Schließlich wußte sie ja jetzt, wer ich wirklich war (nämlich bald berühmt) und das machte sie zu einer Verbündeten, bei der man nicht auf der Hut sein mußte. Das Glas Wein im Restaurant war eigentlich nicht genug gewesen.

„Hast du was zu trinken da?"

„Mineralwasser. Leider nur ohne Kohlensäure."

„Warum bist du eigentlich so straight?"

„Straight? Was meinst du damit?"

„Gradlinig. Sachlich. Zielgerichtet. Das weißt du doch."

„Ach so, ja. Deshalb:

Alles was man fühlt und alles, was man träumt wird vom Leben überholt und vernichtet. Alle großen Pläne sind der erste Schritt in die Lächerlichkeit. Und das, was du dir am Abend ausmalst, wird am nächsten Morgen bestimmt nicht passieren. Vielleicht etwas anderes Schönes, aber nicht das, auf das du wartest. Deshalb warte, fühle und träume ich nicht. Und male mir nichts aus. Ich tue meinen Job, jede Sekunde, so gut ich kann. Und welcher Gott auch immer mich auf seinem Bildschirm beobachtet, er wird schon was finden, was ihn noch ne Weile davon abhält, umzuschalten."

Ich ließ mich zurücksinken und beobachtete sie, ohne zu reden. Wegen dem Schreibtischbein einerseits und dem Gitarrenständer andererseits nahm ich eine gekrümmte Haltung ein. Sie warf einen auffordernden Blick in Richtung Radiokopf, und Musik flutete aus den Achzigkanal-Boxen. Ein ziemlich sentimentaler Nachtschatten-Blues, der gut zu meiner Stimmung paßte und war wohl auch technisch gut gemacht. Also für beide was dabei. Musik ist ja sowieso eine Sache, die Menschen besser miteinander verbinden kann, als jedes Gespräch. In besonderem Maß gilt das natürlich für solche wie uns. Wir können musikalische Substanz gestalten und verformen, wir bewegen uns in ihr und erleben sie gewissermaßen von innen heraus. Solche wie wir erkennen einander an der Art, wie wir die Bässe und Höhen eingestellt haben. So, wie sich die, die einen spezialisierten Beruf ausüben, immer erkennen. Als wir uns auszogen, war ich doch froh, lebendige echte Wärme in dieser fremden Stadt gefunden zu haben. Sie roch sehr erwachsen und unpersönlich nach Geld, Ferne, Globalisierung. (Mir fiel übrigens mittendrin auf, daß man trotz der Musik (die der Radiokopf diskret abgesoftet hatte - waren die schon so weit?) die Flugzeuge hören konnte, die ziemlich tief über das Haus flogen.)

Na ja, jedenfalls mußte sie am nächsten Morgen früh weg und ich wachte allein in ihrem Bett auf. Während ich mich anzog, überlegte ich, ob ich auf Anja warten sollte, entschied mich aber dagegen.

Ich hatte die Klinke schon in der Hand, da fiel mir noch etwas ein. Ich nahm vor dem Radiokopf Platz. Als ich ihn anschaltete, schickte ein virtuelles Symphonieorchester einen kurzen Test-Tusch durch die Achtzigwegeboxen. Leise, aber so machtvoll und gewaltig, daß ich zusammenzuckte. Der Radiokopf fragte mich mit zurückhaltender Höflichkeit, was ich wolle. Ganz bestimmt war es nur die zurückhaltende Höflichkeit, mit der eine sehr teure und leistungsfähige Maschine ähnlich wie ein erstklassiger Butler diejenigen Personen behandelt, die zwar zweifellos mit seiner Herrin vertraut sind, die aber deswegen nicht unbedingt so ohne weiteres Zugriff auf ihre Daten haben müssen. Ganz bestimmt war es nur das. Mir kam es aber so vor, als würde ich aus dieser reservierten, glatten Höflichkeit heraus hören, daß er uns gestern abend zugesehen hatte. Und eifersüchtig war.

Mit überlegener Gleichgültigkeit fragte ich ihn, ob es Anja seiner Meinung nach recht wäre, wenn ich die Zimmertür unabgeschlossen ließe. Auf dem Bildschirm erschien nach kurzer Bedenkzeit die Nachricht, daß in der obersten Schreibtischschublade ein zweiter Zimmerschlüssel liegen würde und daß es Anja wahrscheinlich vorziehen würde, wenn ich die Tür abschließen und den Schlüssel mitnehmen würde. Diese Kalkulation sei unverbindlich und ohne Einfluß auf meine zivilrechtliche und strafrechtliche Verantwortlichkeit. Ich fand den Schlüssel sofort. Er lag auf einem Haufen Zettel. Ganz oben war ein Foto. Ich glaubte nicht recht zu sehen: Drauf war Anja, fünf Jahre jünger, in bunten Plastikklamotten, wie sie die Ambient-Children-Mode dieser Zeit vorschrieb. Saß auf der Kühlerhaube eines hellblauen Autos, lächelte in die Kamera und sah so unverbraucht aus, so ganz anders als jetzt. So gar nicht „straight". Was war seitdem mit ihr geschehen? Ich hatte mich unwillkürlich zu dem Foto herunter gebeugt. Ein Instinkt der Vorsicht befahl mir, aufzublicken und mich an das Kameraauge vor mir zu erinnern.

Ohne zu zögern nahm ich den Schlüssel und schloß die Schublade. Das Haus war sehr groß. Ich brauchte eine Weile, um den Ausgang zu finden.

6

Eine Spielwiese und ein Hochleistungstraum

Unser Held empfindet seine Umwelt als irritierend und etwas bedrohlich, aber er verliert keine Zeit mit einem Versuch, sie zu verstehen. Er beginnt so schnell wie möglich damit, Geld zu verdienen und berühmt zu werden.

Ich persönlich fand den Leistungsdruck an der Akademie eigentlich nicht so groß, wie der Professor uns damals in seiner Begrüßungsrede angedroht hatte. Man lernte eine Menge nützliches Zeug darüber, wie man seine Gefühle mit den technischen Mitteln des großen Radios zum Ausdruck brachte. Damit kam ich gut zu Rande. Ansonsten gab es noch diese laberigen Vorlesungen, am Schlimmsten war KomBeSoz, die sich darum drehten, wie man mit seinen Gefühlen umging und wie man seinen Platz in der Welt fand. Normale Menschen bekommen das ja allabendlich über das Sendematerial vermittelt. Medienschaffende stehen hinter den Kulissen, ihnen fehlt diese Orientierung, weshalb sie insgesamt überdurchschnittlich leicht durchticken. Das merkte man übrigens auch bei meinen Mitstudenten: Sie waren sehr leicht verletzlich, man mußte ungeheuer aufpassen, daß man sie auch als genau das akzeptierte, wofür sie sich hielten und das auch deutlich machte. Sonst konnten sie sehr nachtragend sein. Es gab eine Anzahl kleinerer Cliquen, vor allem aber glaubte ich, drei größere Lager auszumachen, die aufeinander mit unerschütterlicher Geringschätzung herabsahen. Zum einen gab es da diejenigen, die ich in meinen Gedanken die „konservativen Rebellen" nannte. Gewisse Anleihen an vergangene Epochen galten unter ihnen als ein Zeichen von Stilsicherheit, ganz gleich, ob das nun auf kahlgeschorene Häupter oder auf schwarze Anzüge hinauslief. Sie nahmen gerne Drogen und bevorzugten Bilder, auf denen sich viele Menschen bewegten. Was sie nicht mochten, war ungeschminkter Realismus. Bei ihnen bekam jedes Bild seinen Farbfilter, jeder Ton seinen Hall, jede Bewegung wenigstens eine minimale Zeitlupe. Sie konsumierten ihr Sendematerial in konzentriert zurückgelehnter Passivität; mieden also Interaktivität und überhaupt alles, was von fern einem Computerspiel ähnelte. Ihre Kunst war ein stilisierter Traum von weit her, der wie eine getrocknete Blüte zerfallen würde, wenn ihn der Betrachter berühren könnte. Anders diejenigen, die ich als „Pragmatisch-Dynamische" bezeichnete: Da sie eine Kontrolle des Künstlers über sein Sendematerial als autistisch und diktatorisch ablehnten, entsprach es ihrer Philosophie, sich bei der Entwicklung ihrer Konzepte nur an der kommerziellen Nachfrage zu orientieren. Sie behaupteten, daß sie sich dadurch weniger einsam fühlten. Ihr Problem war, daß es mittlerweile statistisch erhärtet war, daß der durchschnittliche Konsument Sendematerial bevorzugte, das nich marktgerecht war. Wer weiß es nicht zu schätzen, wenn man ihm ab und zu sagt, was er nicht hören will? Diese Erkenntnis war für viele von ihnen so schmerzlich, daß sie zur dritten Gruppe abwanderten, den „Radikal-Präsenten". Das waren Individualisten, von denen jeder etwas völlig anderes machte. Überwiegend kümmerten sie sich nicht besonders um die Vermarktung ihrer Werke. Gemeinsam war ihnen eigentlich nur, daß sie sich weigerten, fremdes Sendematerial zu konsumieren. Wer singen will, darf nicht zuhören - das war ihr Credo. Ihre Werke waren monolithisch und unverständlich, aber kompromißlos. Ein ganz schön durchgeknallter Haufen, alle miteinander. Vielleicht tat ich ihnen mit dieser Einschätzung auch unrecht - abends trieb ich mich viel mit Anja rum oder arbeitete, so daß ich in der Akademie meistens zu müde war, um groß mit ihnen zu reden. Ich bekam aber mit, daß sie ständig stöhnten, wie schwer es doch wäre, bei dem vielen Stoff, den wir lernen mußten, nicht den Anschluß zu verlieren. Und häufig hatten sie dunkle Ringe unter den Augen. Das überraschte mich - wenn ich solche Probleme nicht hatte, dann mußte ich entweder überdurchschnittlich begabt sein, oder ich hatte irgendwas falsch verstanden und machte nicht alles, was wir eigentlich machen mußten. Zuerst hatte ich ein etwas ungutes Gefühl, aber da ich stets genau wußte, wovon der Professor redete, obwohl ich der einzige war, der seine Worte nicht mitschrieb, hielt ich die erste Möglichkeit dann doch für wahrscheinlicher.

Und allmählich reifte ein Entschluß in Tobias Aschenbrenner: Es war für ihn an der Zeit, anzufangen mit seinem Werk. Es reichte ihm nicht, nur das nachzuvollziehen, was sie ihm in der Akademie an Stoff vorsetzten. Er wollte etwas Eigenes machen, in das er sich so richtig rein hängen konnte. Ein schneller Hochleistungstraum, der ihn gefangen nahm und ausfüllte. Noch zögerte er, aber bald würde er seine Karten auf den Tisch legen. Was ihn in dieser Phase am allermeisten nervte, war die Akademie.

„...wichtig, daß alles, was Sie sagen und tun, stets ein geschlossenes Bild abgibt. Man muß etwas damit anfangen können. Legen Sie sich fest, auf was, das ist nicht so wichtig. Versuchen Sie nicht, Fehler zu vermeiden. Ihr Werk kann so viele Fehler haben, wie es will - solange es nur für eine bestimmte Stärke oder Schönheit steht, nach der sich die Leute sehnen. Machen Sie eine solche Sehnsucht zu Ihrem Produkt. Und dabei bleiben sie dann, auch wenn man Sie kritisiert. Auch wenn Sie zwischenzeitlich einmal aus der Mode zu kommen scheinen. Wir werden das jetzt anhand eines Beispiels veranschaulichen..."
Gleich war Pause, ich hatte das Interesse verloren und hörte die letzten Minuten nicht mehr zu. Ich brauchte dieses unnatürliche Gerede nicht, ich hatte das im Blut. Wußte von allein, wie ich Worte formen mußte, damit sie zum Schlüssel wurden; kannte den Code.

Was Tobias ein bißchen Angst machte, war, daß sich die Leute auf der Akademie offenbar bei allem, was man sagte und tat, etwas dachten. Überhaupt beobachteten und betrachteten sie sich gegenseitig, als wären sie Figuren in einem Film. Tobias spürte ihre Blicke, wenn er in der Pause neben Anja am Geländer der Galerie stand und seinen Kaffee trank und er hatte keine Ahnung, in welchem Film sie ihn in was für eine Rolle steckten. Nicht, daß sie sich darüber einig gewesen wären - aus den Augenwinkeln nahm Tobias im Vorbeigehen die Grabenkämpfe und Fehden war, die zwischen ihnen tobten. Jeder wollte die Hauptrolle in seinem eigenen Film spielen, das vertrug sich nicht miteinander. Es war Tobias auch gar nicht klar, wer nun zu wem gehörte und wer mit wem verfeindet war. Ziemlich früh glaubte er, die drei großen Lager identifiziert zu haben; aber weiter kam er nicht, obwohl Woche auf Woche verging. Schließlich war er sich nicht mehr sicher, ob diese Unterteilung nicht bloß ein Produkt seiner Phantasie gewesen war. Wenn Tobias mal in ein Gespräch mit einem von ihnen verwickelt wurde, merkte er, wie er bei seinem Gegenüber Reaktionen auslöste, die er nicht nachvollziehen konnte und erst recht nicht beabsichtigt hatte. Spontan zuckten dann ihre glatten, kontrollierten Gesichter bedrohlich oder sie lachten auf einmal stillvergnügt auf, was auch nicht viel besser war. Was für Hormone es auch sein mochten, die da in ihrer Blutbahn ausgeschüttet wurden und was für ein Bild von Tobias Aschenbrenner da in ihren Köpfen landete (und dort offenbar mit jedem seiner Äußerungen auf irgendeine unerforschliche Weise weiter mutierte); das wollte er eigentlich gar nicht unbedingt wissen. Anja hatte diese Probleme offensichtlich nicht, sie unterhielt zu einigen von ihnen geschäftliche Beziehungen und schien viele auch aus irgendeiner früheren Zeit zu kennen. Was für eine Zeit das gewesen war, wußte Tobias nicht. Er fragte sie auch nicht, wie sie so gut mit den Leuten zu Rande kam. Er wollte dieses Thema lieber nicht ansprechen, weil er fürchtete, sonst naiv und hilflos zu wirken.

Tobias beobachtete, daß sich ab und zu ein Agent eines großen Medienkonzerns an der Akademie herumtrieb - ein Headhunter, er hieß Herr Kalt und war auf der Suche nach hochkarätigem Nachwuchs. Ein Mann in den Vierzigern, in einem braunen Mantel. Wenn er seinen braunen Hut abnahm, sah man seine zurückgegelten Haare, die sorgfältig gescheitelt waren. Alle buhlten mehr oder weniger subtil um seine Aufmerksamkeit, nur Tobias nicht. Tobias wußte, daß sein starker Hochleistungstraum die Aufmerksamkeit des Agenten sofort auch sich ziehen würde, sobald er diese große künstlerische Vision erst einmal ausformuliert und griffbereit haben würde.

7

Das Spiel beginnt

Oder beginnt Tobias Aschenbrenner das Spiel? Jedenfalls macht er in diesem kurzen Kapitel einen ersten Schritt in Richtung Ruhm und Geld und leiht sich in der Zwischenzeit was von seiner Freundin Anja. So spielerisch reich werden, das kann man nur als Rockstar des großen Radios.

Ich wartete und wartete, aber es tauchte leider kein fertiges Konzept für das große Werk in meinem Kopf auf. Dann irgendwann reichte es mir mit dem Rumstehen und Grübeln; ich machte mich auf zu Anja, um einfach anzufangen. Dann würde sich nach und nach schon alles Weitere finden. Ich verschwieg ihr, daß ich überhaupt gar keine künstlerische Vision vor Augen hatte. Ich dachte mir nämlich, wenn sie das wüßte, würde es sie nur verunsichern und ihr die Lust an der Arbeit nehmen. Schließlich machte sie nur bei meinem Projekt mit, weil sie an mich und mein Talent glaubte und es wäre nun wirklich schön blöd von mir gewesen, ihr diesen Glauben zu nehmen. Und wenn ich andererseits hoch pokerte und einfach frech behauptete zu wissen, wo es lang ging, dann käme mir vielleicht doch noch von irgendwo eine Idee, um die Hohlform meine Lügen mit Wahrheit aufzufüllen. Deshalb fühlte ich mich in ihrem Zimmer nun auf einmal unsicher - und ihr teurer Radiokopf wirkte richtig bedrohlich, wo ich da jetzt gleich so viel Gefühl reinstopfen mußte, von dem ich noch gar nicht wußte, aus welchen Ecken meines Inneren ich es zusammenkratzen sollte. So elegant das Design seiner Hülle auch sein mochte, es war doch kaltes Metall. Und das Kameraauge zeichnete in gnadenloser Objektivität jede Regung auf, gab mir nicht die kleinste Verschnaufpause. Ich hatte Angst vor dieser großen Bühne - alles an mir war im Vergleich so winzig - und doch spürte ich gleichzeitig ein ungesundes Verlangen danach; dieses Lampenfieber hatte ein hohes Suchtpotential. Was kannte ich, das so schön war, daß es würdig war, den Anfang zu machen und als erstes in den bodenlosen Topf geschmissen zu werden? Bloß nicht zu lange überlegen, ich erinnerte mich spontan an Bilder aus meiner Kindheit und nahm den verlassenen Strand eines nördlichen Meeres, eine weite flache Bucht irgendwo im Hinterland. Kraftlose Wellen von sehr weit her leckten am feinen grauen Sand der pockennarbig war von den Höhlen der Wattwürmer. Kein Wind und insgesamt nur wenig Geräusche in der Luft, bis auf die Möwen, die sich um einen großen toten Fisch stritten, den eine hohe Flut angespült hatte. Hinter der Küste lagen weite einsame Nadelwälder. Blasser Dunst über dem fernen fernen Horizont - das war doch was. Jetzt hatten wir einen Einstieg und wir kamen richtig in Fahrt, als wir das Szenario in photorealistischer Qualität editierten. Wir achteten besonders auf die kleinen Details; arbeiteten stundenlang am Muster auf einer unauffälligen Muschelschale und an einem rostigen Kronkorken. Magie hängt oft an kleinen Details. Anja hatte zuerst natürlich wissen wollen, was ich damit vorhatte. Als sie merkte, daß ich dieser Frage auswich, gab sie sich damit zufrieden und fand die Ungewißheit scheinbar sogar ganz spannend. Es hatte also geklappt, der Stein war ins Rollen gekommen. Ein paar Tage lang waren wir jede Minute beschäftigt mit diesem geheimen Ort, von dem außer uns niemand etwas ahnte und nachts schmeckten wir das fiktive Salz und die fiktiven Algen auf unserer Haut. Es kam oft vor, daß ich die Nacht durcharbeitete und dann am nächsten Tag in der Akademie kaum die Augen offen halten konnte.

Lästig war nur, daß die Werbeleute scheinbar ganz heiß auf sie waren. Sie mußte andauernd zu irgendwelchen Terminen, die sie auch nicht absagen konnte, weil es einfach zuviel Geld gab. Sie hatte ganz außerordentlich viel Erfolg, den man schon geradezu als „Karriere" bezeichnen konnte - wenn das so mit ihr weiterging, würde sie demnächst in die Kaste der Krankenversicherten aufsteigen. Sie kaufte sich viele neue Klamotten und wollte mir ein paar von ihren alten geben; es war ihr offenbar aufgefallen, daß ich mich im Moment nicht um mein Erscheinungsbild kümmerte. Das kam natürlich nicht in Frage - ich entschied selbst, wie ich herumlief und hatte meine tieferen Gründe dafür und brauchte da nun wirklich keine Hilfe. Schlimm genug, daß ich mir ab und zu Geld von ihr leihen mußte.

Der Professor redete über das Individuum und die Gruppe, redete darüber, in welchen Grenzen sich der Einzelne von den Ideen und Weltbildern der Gesellschaft, in der er lebt, loslösen kann. Ich konnte ihm gut folgen. Sicher, bis zu einem gewissen Grad ging es. Bis zu einem gewissen Grad hatte man sein Leben selbst in der Hand. Aber dennoch gab es da andere Bereiche, große Bereiche, in denen man ähnlich wie eine Naturkraft oder wie ein Tier nur reagierte auf die Reize, die einen trafen. Die Gedanken, die man sich so dachte, die hatten nicht in einem selbst ihren Ursprung sondern kamen von woanders her, entstanden irgendwo in der Welt und breiteten sich aus, natürlich über Telephonkabel und Zeichen auf Papier, vielleicht auch über das, was man im Unterbewußten aus fremden Gesichtern und Körperhaltungen las und vielleicht sogar über archaische Gerüche und vielleicht auch noch auf andere Weise hing das alles miteinander zusammen, so daß tief unten im Unterbewußtsein sowas war wie ein gemeinsamer Ozean aus Blut, ein warmer archaischer Ozean und weit, weit, weit, wir teilen uns die Gedanken und Gefühle wie wir uns die Parks im Sommer teilen und sind nur Fische im Ozean unseres eigenen Blutes und was von da kommt, kommt über einen wie die Hitze im Sommer, kann man nichts dagegen machen, warum sollte man auch, und dort ist Sprache, die wirkt, ist Musik, ist Schönheit...

Als ich in mich zusammensank, schrak ich hoch und wachte auf. Da war ich eingeschlafen, mitten in der Vorlesung. Hatte es jemand bemerkt? Aber meine beiden Nachbarn hingen an den Lippen des Professors und schrieben eifrig mit, sahen nicht zu mir hinüber.

8

Ein seltsamer Titel

Tobias fängt endlich damit an, an seinem zukünftigen Reichtum zu arbeiten. Und an seinem Ruhm. Sein erstes Werk hat allerdings einen etwas seltsamen Titel. Vielleicht liegt es daran.

Mit meinem Werk kamen wir aber gut voran. Es gelang mir doch immer wieder, Szenarien zu entwerfen, stille Orte, denen ein rätselhafter Zauber innewohnte. Bald hatten wir ein gutes Dutzend davon beisammen. Anja brauchte einige Zeit, um sich damit abzufinden, daß es zwischen diesen einzelnen Szenarien keine erkennbare logische Verbindung gab, keinen Handlungsstrang, kein inneres Band. Sie konnte sich nicht vorstellen, daß die Leute so etwas kaufen würden. Als ich ihr aber erklärte, daß gerade dies das Besondere und Innovative an meiner Kunst wäre und daß dies mein Werk zu einem rätselhaften Artefakt machen würde, das - grade weil es keine Botschaft hatte - so eine zenmäßige Ruhe ausstrahlte, in der der Betrachter sich selbst finden konnte, da schwieg sie beeindruckt. Meine Kunst kam wirklich aus den Tiefen meines Unterbewußten; es überraschte mich selbst, wie ich auf diese Weise ganz spontan ein Konzept für das Ganze gefunden hatte. Das brachte mich auch gleich auf einen passenden Titel: „Seltsame Plätze des Schweigens". Überhaupt entstanden die besten Dinge oft zufällig, durch Mißverständnisse zwischen uns oder aufgrund eines handwerklichen Versehens. Da hatte sie einmal die Ränder eines Nebelfeldes nicht ordentlich glatt retuschiert, so daß es wie eine milchige Wand in der Luft hing. Als wir es uns dann im Probelauf ansahen, hatte es eine so befremdliche Wirkung auf mich, daß ich mich entschloß, es drin zu lassen. Das brachte mir glühende Blicke von Anja ein, deren Bewunderung offenbar in dem Maß stieg, in dem sie nicht nachvollziehen konnte, was ich da machte. Ich verstand sie da ehrlich gesagt nicht ganz, gibt es vielleicht ein Naturgesetz, daß jemand in dem Maß auf Irrationales und Willkürliches abfährt, in dem er selbst die Regeln seines Fachs beherrscht? Wie auch immer, das mit dem Nebel hatte jedenfalls noch den weiteren Vorteil, daß ich mich von all den Anderen abhob, die alles dran setzten, so photorealistisch und glatt wie möglich zu arbeiten. Niemand würde die Grenze meines technischen Könnens erkennen, weil ich ja gar nicht versuchte, die Regeln der Technik einzuhalten. Man wußte bei meinen Fehlern nicht, ob sie nicht „Absicht" waren. Und deshalb würde mich niemand mit anderen Maßstäben messen können, als meinen eigenen...

Während der Arbeit an meinem Werk hatte ich die Akademie etwas vernachlässigen müssen. Ehrlich gesagt, ich wußte in den Vorlesungen oft nicht, wovon die eigentlich redeten. Das war mir natürlich unangenehm. Aber in diesen Tagen, als die Fertigstellung von „Seltsame Plätze des Schweigens" kurz bevor stand, ging ich mit neuem Selbstbewußtsein an die Akademie. Zwar mochte ich noch inkompetent wirken, wenn ich auf die Zwischenfragen der Professoren nicht die richtigen Antworten wußte - aber da konnte ich in ein paar Tagen was vorweisen, das nun wirklich unbestreitbar anders war als all das Zeug, was sie zusammenbastelten. „Seltsame Plätze des Schweigens" würde wie eine Bombe einschlagen. Ich stellte mir oft vor, wie es sein würde, wenn ihre neidischen und bewundernden Blicke mir folgen würden und wenn sie alle nur auf eine Gelegenheit warten würden, mit mir zusammenzuarbeiten. Ich sonnte mich so in meinem künftigen Ruhm, daß es mich nicht einmal störte als dieser Streber aus der zweiten Reihe, Christian, einen Nachwuchsförderpreis gewann und prompt von einem großen Sender unter Vertrag genommen wurde. Man konnte ihn von da an dreimal pro Woche live bewundern, aber ich hatte im Moment eh keine Zeit für passiven Medienkonsum. Sein Erfolg machte mich nicht neidisch, im Gegenteil: Wenn so ein oberflächlicher Schleimer es schon so weit bringen konnte, was für unabsehbare Möglichkeiten gab es dann erst für einen wie mich?

Als „Seltsame Plätze des Schweigens" fertig war, ließ er fünfzig Exemplare davon pressen. Die verpackte er in schlichte graue Pappkartons und legte jeweils einen schmucklosen Zettel dazu, auf dem stand, daß die Herren von den Produktionsfirmen sich das Ding doch bitte schön mal reinziehen sollten. Anja begehrte mit außergewöhnlicher Heftigkeit auf. Kein Mensch, sagte sie, hatte seine Bewerbungen jemals so lieblos hingerotzt, die anderen legten alle vierfarbige Prospekte auf Hochglanzpapier bei, und was er da im Begriff war, los zu schicken, das sah so aus, als wäre es von einem Spinner gemacht, der vom Handwerk keine Ahnung habe. Es sah nicht wie ein Produkt aus sondern unangenehm persönlich, wie ein Tagebuch. Kein Mensch würde Lust haben, diese Dinger auch nur in die Hand zu nehmen, geschweige denn, sich mit ihnen vertieft auseinanderzusetzen. Tobias wollte aber natürlich, daß sie darauf Lust hatten und drum mußte er eben den Weg gehen, den alle gingen und sich da ein bißchen geschickter verkaufen.

Er erwiderte, daß genau das ja der Trick wäre: Die Produktionsfirmen bekämen jeden Tag stapelweise Material und würden nur dann aufmerksam, wenn etwas aus der Menge herausstach. Und Hochglanzprospekte konnten sie bestimmt keine mehr sehen. Wenn jemand die Oberfläche so bewußt vernachlässigte, dann zeigte er ihnen damit, daß es ihm um andere Dinge ging.

Das überzeugte sie zwar nicht ganz, aber immerhin wurde sie unsicher. Schließlich machte sie keine Einwände mehr, sondern stopfte die Muster stumm in ihre rauhen grauen Papphüllen, und ab ging die Post. Damit war ihr erstes gemeinsames Projekt. Jetzt konnte er sich zurücklehnen und abwarten, daß es mit seinem Erfolg los ging.

Ein kleiner Teil der Produktionsfirmen schickte höfliche Briefe ablehnenden Inhalts zurück. Man könne das ungewöhnliche und hochinteressante Werk leider nicht ins Programm aufnehmen, weil man sein Budget für dieses Jahr schon verplant habe. Aber diese

Ablehnungen blieben die Ausnahme. Alle übrigen Produnktionsfirmen - und unter ihnen waren nicht nur die großen Konzerne, sondern auch die berühmten kleinen mit Kultstatus - reagierten überhaupt nicht. Lange Zeit sträubte ich mich dagegen, bei ihnen anzurufen und nachzufragen. Schließlich fand ich die Ungewißheit doch zu belastend und wollte es hinter mich bringen; sie sagten mir dann, daß sie eine solche Menge an unverlangten Manuskripten zugesandt bekämen, daß sie aus Kostengründen nicht in der Lage seinen, auf Angebote dieser Art zu reagieren. Es brauchte ein paar Tage, bis ich Ursache und Bedeutung dieser Niederlage erkannte. Mein Stil war so neu und innovativ, daß er den ganzen hergebrachten Kulturbetrieb durcheinanderwerfen konnte und das Weltbild der Verleger komplett umschmiß. Da mußten zunächst Widerstände überwunden werden, verkrustete Strukturen mußten aufgebrochen werden, aber mein Erfolg würde schließlich um so größer sein. Letztlich war es eigentlich ein gutes Zeichen, daß „Seltsame Plätze des Schweigens" sie so irritierte. Immerhin war ich keine von diesen Eintagsfliegen, die jeder auf Anhieb ganz wahnsinnig toll findet und die ein Jahr später vergessen sind.

Immerhin nahm ich mir vor, ihnen beim nächsten Versuch etwas entgegenzukommen und die Konventionen unserer Zunft nicht gar so sehr mit den Füßen zu treten. Dann würde es schon klappen. Und es würde einen nächsten Versuch geben: Ich hatte zwar zunächst Angst, daß sich Anja von mir abwenden würde; jetzt, wo es sich nicht mehr wegleugnen ließ, daß ich die Gesetze des

Medienmarkts in Wahrheit gar nicht kannte. Aber seltsamerweise focht sie der Rückschlag gar nicht an. Und als ich vorsichtig auf zukünftige Pläne zu sprechen kam, sah ich die gleiche Begeisterung, das gleiche bewundernde Staunen, die gleiche Bereitschaft zur Aktion in ihren Augen, wie am Anfang, als wir uns beide nur kurz vor dem großen Durchbruch gesehen hatten. Ich verstand nicht, warum sie so fest zu mir hielt, aber da fragte man vielleicht auch lieber nicht zu gründlich nach. Ich war so froh, daß ich wenigstens sie hatte. Sie war wirklich pures Gold wert.

9

Ein Profi klopft an die hohe Pforte

Zwei Jahre vergehen, ohne daß etwas Besonderes passiert. Tobias wird langsam erwachsen. Immerhin ist er jetzt kein lächerlicher Spinner mehr.

Tobias schämte sich ziemlich, daß er so überheblich und naiv gewesen war, die Gesetze dieser Stadt zu ignorieren. Das Gefühl seiner eigenen Lächerlichkeit war ein bitterer Geschmack in seinem Mund, den er den ganzen Tag mit sich herumtrug. Ihm war aber klar, daß es nichts half, niedergeschlagen zu sein und sich zu verkriechen. Er mußte das jetzt wegstecken und den Blick auf die Zukunft richten; etwas tun um raus zu kommen aus der unangenehmen Situation, in der er steckte: In der Akademie war er dabei, den Anschluß zu verlieren. Und zu den Leuten dort hatte er keinen Kontakt, dabei waren Kontakte doch das Allerwichtigste in der Medienbranche. Das alles nur, weil er sich in der Vorstellung verrannt hatte, etwas ganz Besonderes zu sein. Nichts hatte er aus seinem Leben in der neuen Stadt gemacht, alle Energie nur in „seltsame Plätze des Schweigens" gesteckt - und jetzt war er sich nicht mehr sicher, ob dieses Projekt so viel Mühe überhaupt wert gewesen war. Eigentlich kam es ihm jetzt nicht mehr wie etwas Schönes, Starkes vor, an dem er Halt finden konnte; es war eher eine krause, unbeholfene, durch und durch unprofessionelle Mißgeburt, die man am besten versteckte und ungeschehen wünschte wie Tagebücher aus der frühen Pubertät. Half alles nichts, die Lehre daraus war: Er mußte den anstrengenden Weg nehmen, den auch alle anderen gingen. Sich nach und nach all das Handwerkszeug aneignen, das ganze Repertoire an Tricks, das man braucht, um auf seine Mitmenschen angenehm zu wirken. Und vielleicht war es gar nicht so schlecht, daß die Show des Lebens für ihn keine Extra-Abkürzung an der Warteschlange vorbei durch den Künstlereingang bereithielt; so würde er die gleichen Probleme haben wie die anderen auch und war dann weniger allein. Er würde in Zukunft keine Scheu mehr haben, sich in die Welt einzuordnen. Er würde versuchen, den Maßstäben der Professoren zu genügen und das zu tun, was sie von ihm verlangten. Und nicht mehr seinen eigenen Traumgespinsten hinterherlaufen. Das hieß dann also runter auf den Boden der Tatsachen und harte Arbeit; aber wenn er diesen Weg nahm, dann würde er es schon zu was bringen. Vielleicht nicht gerade zu Weltruhm, aber immerhin, es gab viele Künstler, die in ihrer Nische glücklich waren und ihr kleines spezifisches Fanpublikum bedienten Und daran, daß er von Natur aus eigentlich überdurchschnittlich begabt war, zweifelte er nach wie vor nicht.

In einem außergewöhnlichen Kraftakt lernte ich all den versäumten Stoff im Eiltempo nach. Als ich erst einmal damit anfing, merkte ich nach und nach, wie viel es war. Und es kam jeden Tag Neues dazu, das allein schon ausgereicht hätte, einen in Atem zu halten. An der Akademie wurde natürlich nur über diesen neuen Stoff gesprochen, so daß ich trotz aller Lernerei nicht viel mehr verstand, als vorher. Aber ich war entschlossen, mich durchzubeißen. Meine Beziehung zu Anja litt natürlich darunter, daß ich keine Zeit mehr für sie hatte. Und ich hatte auch keine Zeit mehr für Träumereien und Gefühle, keine Zeit mehr, um mich als eine dramatische Figur im Mittelpunkt zu sehen. Ich war nun in meinen Augen einfach einer von vielen Anderen. Die Anderen sahen das aber nicht so, für sie war ich nach wie vor ein komischer Typ. Als meine geistigen Verwandten konnte ich am ehesten noch die konservativen Rebellen ansehen. Sie machten viel miteinander, waren überhaupt sehr erlebnisorientiert und nicht so eigenbrötlerisch wie die Radikal-Präsenten. Und die Pragmatisch-Dynamischen hatten zwar den Vorteil, daß der Erfolg auf ihrer Seite war. Aber Erfolg um jeden Preis ist kein Wert an sich; was nützt noch so viel Reichweite und Medienpräsenz, wenn die Botschaft nicht stimmt und nicht schön ist und keinen Spaß macht. Ich war zwar bereit, viel zu arbeiten. Aber ich wollte mich dabei trotzdem gut fühlen und stolz auf das sein, was ich machte. Und ich war nicht bereit, in mir einen bloßen Spielball der Marktkräfte zu sehen. Jetzt wollte ich auch nicht länger zögern, Herr Kalt auf mich aufmerksam zu machen. Diese Chance für meine Zukunft konnte ich nicht einfach so verschenken. Ich fühlte mich in den Pausen immer unruhig, wenn ich mit meinen Leuten (den konservativen Rebellen) uninteressante Gespräche über Insider-Clubs und Insider-Klamotten führte und zusah, wie ihn meine Konkurrenten umschwärmten, um sich bei ihm einzuschleimen.

Irgendwann war meine Unruhe so groß, daß ich ohne klaren Plan auf ihn zustürzte und ihm erzählte, daß entgegen einem weit verbreiteten Vorurteil nur derjenige wirklich viel verkaufen konnte, der seine künstlerischen Ideale nicht verriet. Er schien das einen ganz interessanten Gedanken zu finden. Ich hoffte, er würde mich nach meinen Werken fragen, aber das tat er nicht und von ungefragt wollte ich mich ihm nicht aufdrängen, das kam mir ungeschickt vor. Dann kamen andere hinzu und die Gelegenheit war (vorerst) vorbei.

Ich ackerte den ganzen Tag, knüpfte Beziehungen, kämpfte mich in der Hierarchie meiner Clique nach oben und orientierte mich hinsichtlich meines Medienkonsums nur an der beruflichen Nützlichkeit und nicht daran, was mir gefiel. Kein Wunder, daß ich verbissen und gestreßt wurde. Anja sah ich noch immer so oft wie möglich, aber der Zauber der ersten Zeit war vorbei. Sie ließ es mich niemals merken, aber ich wußte, daß sie jetzt keinen Grund mehr haben konnte, mich zu bewundern. Ich merkte, daß mich all das innerlich schwach machte, ich fühlte keine machtvolle Kunst mehr in mir, sondern dachte ständig nur an die vielen Dinge, die ich tun mußte. Und das Meiste davon machte ich hastig und schlecht, weil ich einfach zuviel auf einmal vor hatte. Um diesem Streß aus dem Weg zu gehen, ging ich nur so oft an die Akademie, wie es unbedingt nötig war. Lieber lernte ich zu Hause in meinem Keller und verlor mich sonst in den öffentlich zugänglichen Träumen, zu denen mein Radiokopf mir den Zugang eröffnete. Ich konsumierte nur billiges Zeug von der Art, mit dem die werktätigen Massen die Zeit nach Feierabend totschlagen. Hielt mich in diesem werbedurchsetzten billigen Land aus Glitter und falschem Marmor auf und suchte nach einem Konzept, wie ich selbst etwas von der Art machen konnte. Schließlich machte ich ganz langsam nach und nach das Konzept für mein neues Projekt, bei dem ich alle früheren Fehler vermeiden würde. Es würde „Blackfire" heißen.

Tobias Aschenbrenner kämpfte nun darum, den Anforderungen der Akademie zu genügen. Dabei vergingen zwei Jahre. Die Jahreszeiten wechselten, ohne daß er davon viel mitbekam. Die Welt außerhalb der Akademie alterte ruckartig und wurde ihm immer fremder - aber er träumte noch immer davon, den Innenraum im großen Radio erklingen zu lassen. Er lernte verbissen, obwohl er zunächst keine Erfolge sah. Langfristig wurde er aber immerhin zu einem gut durchschnittlichen Studenten - keiner von den Stars wie Christian, der unter dem Künstlernamen Bodo nun jeden Freitag seine Erfolge vor einem Millionenpublikum feierte, aber immerhin auch kein Versager. Er eignete sich etwas von der Professionalität eines echten Künstlers an, dessen Gefühle ja in jedem Augenblick sein Beruf sind: Er wurde sich der sozialen Signale, die er aussendete, bewußt. Er fand effiziente Wege, um sich für wenig Geld einigermaßen elegant zu kleiden und fand heraus, wie man den Leuten signalisierte, daß man ein einzigartiger, verrückter Medienschaffender war, ohne sie dabei zu verärgern oder zu verunsichern. Er unterhielt oberflächliche Kontakte zu seinen Mitstudenten, um den Anschluß an das Weltgeschehen und die Medienszene nicht zu verlieren. Nachts feilte er langsam und vorsichtig am Drehbuch für sein Werk, für „Blackfire". Er änderte es immer wieder ab, nahm es auf geradezu selbstquälerische Weise stets wieder auseinander um es in mühevoller Arbeit neu zusammenzusetzen. Er wollte ein perfektes Produkt ohne Flüchtigkeitsfehler machen, alle Schwächen seiner Persönlichkeit außen vor lassen. Anja, deren Falten durch die Zeit ein ganz kleines bißchen tiefer geworden waren, riet ihm, daß er das Ganze doch etwas entspannter angehen sollte, aber das hatte er schon beim letzten Mal gemacht und war damit auf die Nase gefallen. Diesmal spielte er nicht, diesmal arbeitete er. Gut, daß wenigstens sie bei ihm war, denn ansonsten waren diese zwei Jahre keine Zeit für Gefühle. Er war ständig im Streß und kam doch zu nichts. Sein permanenter Zeitmangel führte dazu, daß er alles, was er anfing, nur so oberflächlich machte, daß die tieferen Schichten seines Bewußtseins dabei nicht mitkamen; ein leises Gefühl der Befremdung begleitete ihn auf Schritt und Tritt. Die meisten Themen, für die er sich wirklich begeistern konnte, seine Lieblingslieder und die Landschaften und Gesichter in seinen nächtlichen Träumen stammten noch aus der Zeit vor der Akademie. Von den neuen Ereignissen und Moden hatte er zwar meistens schon etwas mitbekommen, aber sie lagerten fremd und unbenutzt in seinem Weltbild, wie ungelesene Bücher auf dem Regal verstauben. Den Staub, der sich langsam und beharrlich immer wieder auf seinen Pappkisten-Möbeln absetzte, beseitigte er mit dem Staubsauger der alten Frau. Sie lieh ihn ihm jeden Freitag. Gut, daß er dann am Wochenende wenigstens ein paar Stunden mit Anja verbringen konnte, ins Kino gehen oder einen Spaziergang machen, und daß sie zu ihm hielt und nie von ihm erwartete, daß er sie mit besonders geistreichen Gedanken amüsierte.

Diese zwei Jahre, in denen Tobias sich mit Geduld wappnete, in denen er zäh und beharrlich jeden Rückschlag einsteckte um sich soweit empor zu arbeiten, daß er erneut an die hohen Pforten des großen Radios zu klopfen wagte, waren an einem kalten sonnigen Wintertag mit einem Schlag zu Ende. Denn an diesem Tag erstellte er eine neue Version von seinem Drehbuch. Und diesmal fühlte er in jeder Faser seines Körpers, wie magisch und massenattraktiv es war. Er ging raus aus seinem Kellerraum, atmete die klare Winterluft tief ein.

10

Anjas Geheimnis, Anjas Traum

Die Arbeit geht ihren Gang, alles läuft äußerst vielversprechend. Eine kleine Anormalität: Anja erzählt Tobias ihr Geheimnis. Es beeindruckt ihn wider Willen.

Dann ging ich zurück, aktivierte den Radiokopf.

„Anja, hör Dir das mal an. Ich glaube, das ist richtig gut so."

Eigentlich mußte sie noch alles mögliche Wichtige für morgen vorbereiten, aber ich war so aus dem Häuschen, daß sie meinte, ich solle von ihr aus doch gleich vorbeikommen, damit wir es durchsprechen könnten. Wie Verschwörer saßen wir auf ihrem Bett, ich redete auf sie ein, leise und eindringlich, und da sah ich doch tatsächlich wieder dieses Leuchten in ihren Augen. Bewundernd, spöttisch und unternehmungslustig. Was ich mir da ausgedacht hatte, war aber auch wirklich gut. Ein Spannungsbogen, an dem es nichts auszusetzen gab. Eine Dreiecksgeschichte, die auf überraschende und doch glaubwürdige Weise aufgelöst wurde. Ein mystisches, bedeutungsschwangeres Setting, drückend lastende Hintergründe. Blut nur sparsam, aber dann sehr effektvoll eingesetzt. Sex genauso. Schockierender Underground war das, künstlerisch gewagte Animationen. Alle Farben mit leichtem Unterwassertouch, sehr abgefahren. Viel Neonlicht. Und die Explosion des Öltankers würde nur wenig mehr als siebenhundert Mark kosten, da zog ich alle Register meines Akademiekönnens. „Blackfire" - ein echter Knüller.

Trotz des Werbejobs und des daraus stammenden Reichtums wohnte Anja noch immer im Studentenwohnheim. Auch die Einrichtung im Zimmer war noch unverändert, vielleicht war das Bettzeug etwas ausgeblichen. Der Wohlstand manifestierte sich lediglich in ihrem technischen Equipment. Sie hatte jetzt ein unauffällig-nüchternes Stahlstativ, von dem sie sagte, daß es mehr als zehntausend Mark gekostet habe. Ihr Radiokopf profitierte auch von den fetten Jahren seiner Herrin, er hatte deutlich zugenommen und verfügte nun über soviel Arbeitsspeicher, daß da sicher die kompletten Erfahrungen aus zwei- drei Menschenleben rein gingen.

Wenn Menschen zusammen an einem großen Projekt arbeiten, dann finden sie einen gemeinsamen Lebensrhythmus. Das bezieht sich nicht nur auf die Zeitplanung, wie man seine Termine unter einen Hut bekommt und so, sondern auch auf die Art, wie man miteinander redet, wie man stillschweigend aufeinander Rücksicht nimmt, wie man sich gegenseitig mit Worten und kleinen Gesten aufbaut, damit niemand den Mut verliert. Wir arbeiteten ja nicht zum ersten Mal zusammen und brauchten nicht lange, um in unseren Rhythmus zurück zu finden. Alles kam wieder in Schwung; wir aßen und schliefen viel zu wenig und waren doch ständig aufgedreht. Wir brauchten für dieses Projekt natürlich noch eine Menge anderer Leute, Schauspieler und Grafiker und

Digitaltricktechniker, die wir mit dem Versprechen zukünftigen Ruhms köderten - da erwiesen sich meine Szenekontakte zum ersten Mal als nützlich. Und ich war froh, daß ich gelernt hatte, sicher aufzutreten und Leute zu beeindrucken: Meistens machten alle, was ich sagte. Jeder von ihnen hatte aber nur seine spezifische, eng begrenzte Rolle in dem Ganzen und die einzigen, die das große Ding von innen kannten und verstanden, waren wir beide. Dieses gemeinsame Geheimnis lag in ihren Blicken, die sie mir aus der Menge der Komparsen heraus zuwarf. Und nur sie wußte, wo „Blackfire" mehr war als ein eingängiger Abendfüller, wo die Story persönlich war. Trotz allem Trubel artete die Arbeit nicht in richtigen Streß aus, mit Anja war es eher wie ein exzessiver Tanz. Obwohl wir nach der Arbeit völlig zerschlagen waren, ließ uns der Rausch doch nicht los. Wach lagen wir nebeneinander.

Und während die Scheinwerfer der vorbeifahrenden Autos bleiche Lichtfelder über Wände und Decke wandern ließen, und in meinen Ohren noch die Worte der Protagonistin von „Blackfire" nachhallten, meine Schöpfung, gespielt von einer weit überdurchschnittlichen Schauspielerin, begannen wir ein leises Gespräch. Ich weiß nicht mehr, wie ich darauf kam: Ich erzählte ihr von dem Photo, das ich in ihrer Schublade gesehen hatte.

„Ja... das ist aus einer anderen Zeit. Ich weiß, daß ich bescheuert aussehe in diesen Teenieklamotten. Aber Du weißt ja, wie das ist. Das sind diese Träume, wenn man jung ist. Da will man noch was sein."

„Und jetzt hast Du keine mehr?"

Sie lachte leise, es klang ein bißchen spöttisch.

„Nur Deine..."

Schweigen, und zwar lange. Es war kurz nach drei, wir hatten noch knapp drei Stunden, bis wir wieder auf mußten. Ich war schon beinahe wieder eingeschlafen, da setzte sie hinzu:

„Das heißt, einen hab ich noch. Ich glaub, ich kenne Dich jetzt so lange, ich kanns Dir sagen. Du sagst mir ja auch alles."

„Was meinst Du?"

„Du sagst mir doch alles, hast keine Geheimnisse vor mir?"

„Nein."

„Dann will ich auch keine haben. Ich erzähl es Dir jetzt, ich will, daß Du es weißt."

Ich wartete; wollte jetzt eigentlich keine langen Geschichten hören; ich war noch halb über der Schwelle zum Schlaf in warmer Vergessenheit.

„Ich hab doch noch einen Traum, meinen Traum. Ein Geheimprojekt. Der Grund, weshalb ich hier auf der Akademie bin..."

Ich merkte, daß es ihr nicht leicht fiel, es mir zu erzählen und auf einmal spürte ich ihre ungeheure Verletzlichkeit. Ich spürte, daß sie Angst hatte, daß ich lachen würde. Langsam erzählte sie es mir mit leiser müder Stimme. Und was ich da im Halbschlaf hörte wie ein Schlaflied, kam aus einer fast vergessenen Welt der Gefühle herüber. Weich fließend, ohne harte Kanten. Und lebendig wie warmes Blut, das mit seiner Lebendigkeit ja sogar erschreckt, wenn man es mal zu sehen bekommt. Es hatte was.

Ehrlich gesagt, ich war nicht nur berührt sondern leider auch fast beleidigt. Da hatte sie mich ja die ganze Zeit gar nicht nötig gehabt!

Ich sie aber schon.

Und am nächsten Tag war ich nicht hundertprozentig bei der Sache. Ich konnte das gut mit der Müdigkeit erklären. Der wahre Grund war natürlich diese andere Geschichte, die so tief in ihr versteckt lag und natürlich besser war als „Blackfire" obwohl „Blackfire" doch nun wirklich nicht schlecht war. Ich war nicht mehr fasziniert von meinem Projekt und das nahm ich ihr übel - auch wenn ich mir tausendmal sagte, was für ein Vertrauensbeweis das gewesen war. Vielleicht berührte mich ihr Traum nur deshalb so tief, weil ich sie ganz besonders mochte; ich war ja immerhin ihr Freund. Vielleicht würden die meisten Leute sagen, daß an dem brandneuen Medienereignis „Blackfire" von Tobias Aschenbrenner doch mehr dran war. Vielleicht, aber ich wußte, daß es nicht so war. Ich wußte, daß der Zaubermund ihrer Sehnsucht da Macht über alle Menschen hatte wie der Rattenfänger mit seiner Flöte.

11

Künstlerisches Eventmarketing

Tobias feiert einen glanzvollen Triumph. Aber alles hat seinen Preis. Was bleibt ihm jetzt noch zu tun übrig, er hat doch schon alles getan?

Es kam der Tag, an dem mein Werk endlich fertig war, es konnte vor den Augen der Öffentlichkeit enthüllt werden. Ich bereitete die Premiere mit generalstabsmäßiger Gründlichkeit vor. Beim Erstellen der Einladungsliste war mir der Radiokopf behilflich; er kannte mich und meinen sozialen Status so gut, daß er wußte, welche Künstler so angesehen waren, daß ihre Anwesenheit meine Premiere zu einem repräsentativen Ereignis machen würde - und welche Künstler so angesehen waren, daß man sie gar nicht erst anschreiben mußte. Zwischen beiden Mengen errechnete er den optimalen Grenzwert. Ich scheute keinen Aufwand, mietete in einem berühmten Hotel ein Hinterzimmer mit hoher Decke und glitzernden Kronleuchtern. Der Name des Hotels machte ein Viertel des Preises aus und obwohl meine Gäste nichts davon haben würde, zahlte ich das Geld für diesen Namen. Aber ich sorgte auch dafür, daß sie sich wohl fühlen würden. Ich kaufte das teuerste Essen aus allen Ländern und Meeren - oder jedenfalls Essen, das ganz schön teuer war. Ich bastelte stundenlang an Computersimulationen des kalten Buffets herum, bis die Wirkung maximal war. Die Lieferanten und Händler, mit denen ich verhandelte, erlebten mich als einen professionellen Produzenten von Sendematerial und waren dementsprechend beeindruckt. Niemand zweifelte an meiner Solvenz. Ich mußte ihnen nicht lange erklären, wie wichtig es war, daß alles reibungslos über die Bühne ging. Das Geld war nebensächlich, tatsächlich hatte ich schon längst den Überblick darüber verloren, wieviel da an Kosten zusammenkam. Ich fühlte mich wie ein Pokerspieler, der mit ruhiger Hand seine Karten auf den Tisch legt. Und ich hatte ja lange genug auf diesen Tag hingearbeitet, soviel Lebenszeit investiert, daß man nicht ans Geld denken durfte. Außerdem würde ich reich sein, wenn das hier gut lief.

Als der große Abend gekommen war, schwitzte ich in ein neues schrilles Hemd und verbarg meine Nervosität gut. Alle waren sie da, sogar Christian war gekommen und einige meiner Professoren. Auch zweieinhalb Journalisten waren da - Anja und ich, wir hatten alle Register unserer Überzeugungskraft gezogen um ihnen zu vermitteln, daß hier ein bedeutendes Ereignis stattfand. Bei lockeren Gesprächen und einigen Gläsern Sekt wärmte sich die Stimmung langsam aber sicher auf, ich ging von Gruppe zu Gruppe und wurde überall mit überschwenglicher Herzlichkeit begrüßt. Ich merkte, wie mein Ansehen gestiegen war und wie auch diejenigen, die mich bis jetzt abgelehnt hatten, nun darauf achteten, sich mit mir gut zu stellen. Aber ich bin ja schließlich nicht naiv: Ich wußte, wie schnell dieser Zauber verfliegen konnte, wenn mein Werk nicht gut ankam. Es war deshalb harte Arbeit, nach außen hin leutselig zu erscheinen; und meine Nerven kreischten innerlich im schrillen Ton äußerster Anspannung. Die Zeit verging unerträglich langsam, bis sie alle Platz nahmen und andächtig zu der Großbild-Projektionsfläche hinauf sahen, deren Mietpreis tatsächlich enorm gewesen war.

Dann lief „Blackfire" und es war die reinste Hölle. Ich sah erst jetzt so richtig, wie unnatürlich bei der großen Liebesszene das Blut und Motoröl im Gesicht des Helden verschmiert war und daß an der Unterwäsche der Heldin noch das Preisschild klebte - wie hatten wir das übersehen können?

Als die Lautsprecher schwiegen und das Licht wieder anging, fiel es auf mich als einen Zernichteten, der sich am liebsten hinaus gestohlen hätte auf allen Vieren hinaus in die dunkle Nacht um sein Gesicht fort zu wenden und niemals wiederzukehren. Aber dazu hatte ich nicht die Kraft, ich rutschte nur etwas tiefer in meinen Sessel.

Einen Moment Stille. Dann klatschten sie alle und klatschten.

Anja beugte sich über mich und umarmte mich medienwirksam, riß mich empor.

Und dann ging alles ganz schnell, durcheinander, war wie ein Rausch. Ich trank ja auch tatsächlich ganz ungeheuer viel und nahm auch noch andere Drogen, teure, schicke, die alle mir anboten weil alle jetzt meine Freunde waren. Anja behielt die Kontrolle und steuerte mich schlingerndes Schiff durch den Sturm der Begeisterung; klapperte alle wichtigen Stationen mit mir ab. Hände griffen nach mir, umarmten mich, schüttelten meine schlaffe Hand. Stimmen drangen auf mich ein, brachten

Vergleiche, Angebote, die ich ausnahmslos annahm, immer wieder erzählten sie mir mein eigenes Werk, bis es mir ganz fremd vorkam.

Tobias wachte am folgenden Tag erst sehr spät und sehr langsam auf und war selbst dann nicht zu viel zu gebrauchen, aber seine Freundin war natürlich schon längst dabei, alles in die Wege zu leiten. Putzkolonnen sammelten im Festsaal die Scherben auf. Ein eigener Kommunikationsanschluß wurde eingerichtet, über den sie für alle diejenigen erreichbar waren, die sich geschäftlich für sein Werk interessierten. Vom Buffet war nicht viel übriggeblieben, aber für ein gemeinsames Katerfrühstück reichte es noch. Anja schrieb in Windeseile eine Presseerklärung in drei Sprachen, um gerüstet zu sein, wenn die Sache weitere Kreise zog. Dann nahmen sie sich endlich wieder einmal ein paar Stunden Ruhe füreinander, machten sich unerreichbar indem sie durch den verlassenen Stadtpark gingen. Alles war naß und rein von einem nächtlichen Regen, der offenbar erst seit kurzem vorbei war.
Sie führten ein sehr persönliches Gespräch über ihre gemeinsame Zukunft und waren sich sehr nahe. Sie schoben es stundenlang auf, in Anjas Zimmer zurück zu gehen, weil sie wußten, daß dann der nächste Arbeitsabschnitt beginnen würde, die stressige Phase der Vermarktung. Angebote vergleichen, Interviews geben, Verträge auf versteckte Fallen prüfen, davor graute den Künstlernaturen.
In Wahrheit war es dann aber gar nicht so schlimm.

Denn in den nächsten Tagen blieb der neu eingerichtete Geschäftsanschluß fast unbenutzt. Meine Mutter meldete sich und wollte ein Exemplar von „Blackfire" kaufen, weiß der Geier, wie sie davon erfahren hatte. Ein paar Andere taten es ihr gleich, davon sprang die Hälfte aber wieder ab als sie erfuhr, daß es kein kommerzielles Produkt gab sondern nur selbstgezogene Kopien und daß Tobias auch noch Geld dafür wollte. Medienfirmen irgendwelcher Art meldeten sich zunächst nicht bei ihnen. Nach einer guten Woche kam dann doch noch eine kleine Welle geschäftlicher Korrespondenz, allerdings nur von den Carteringfirmen, die das Essen und die Getränke geliefert hatten und die große Projektionsfläche und natürlich auch die Boxen und die Garderobenständer. Und da war noch die Miete. Und der neue Eilanschluß bei der Telekom, auch nicht ganz billig. Und sonst nichts.

Als er schon ganz verbittert war, zeigte sich dann schließlich doch noch, wie ein völlig unbekannter Student des Blixa-Bargeld-Konservatoriums für angewandte Medien- und Rockwissenschaft plötzlich mit einem Schlag berühmt und reich werden kann: Ein verschlafen wirkender Mensch namens Philipp, der vier Jahre jünger als Tobias war und erst seit einem halben Jahr die Akademie besuchte und in dieser Zeit noch niemand aufgefallen war, gewann einen internationalen renommierten Preis und verdrängte damit Christian vom Podest der allgemeinen Bewunderung..

12

Kunst macht Geld

In KompBeSoz hatten sie einmal die Formel gelernt: Kunst macht, wer Kunst machen kann. Geld macht, wer Geld machen muß. Und Kunst macht Geld, wenn Kunst Geld machen können muß.

Er redete mit Anja nicht darüber, aber in den ersten Tagen nach diesem unvorhergesehenen Mißerfolg wußte er nicht, wie es mit ihm weitergehen sollte. Eigentlich war ihm ja durchaus klar, daß man vom Leben nicht verlangen konnte, daß man nur mit seiner Kunst in kurzer Zeit reich und berühmt wurde. Und wenn man es doch tat, dann war man an seinem Unglück selbst schuld. Aber er hatte doch so lange darauf hingearbeitet, hatte sein Leben so auf dieses eine Ziel ausgerichtet. Er hatte sonst nichts. Tobias gehörte zu einer Generation, deren Ängste und Sehnsüchte sich seit der frühen Kindheit auf das große Radio fokussiert hatten, seit dieses Ding in der Gestalt von Zeichentrickfiguren und Plüschmarionetten zum ersten Mal herüber gewinkt hatte. Es hatte ihm die Märchen von Liebe und Tod erzählt, es hatte ihn zum Staunen gebracht. Dort konnte man sich ausleben. Im Alltag hingegen war kein Platz für Irrationales, dort gab es nur eine Wüste aus Notwendigkeiten, aus Sachzwängen. Also was war falsch daran, wenn er versuchte, Teil dieser gewaltigen boomenden Branche zu werden, die als Einzige das Spielerische und Irrationale im Menschen beim

Namen nannte? Er hatte alles so gut gemacht, wie möglich. Hatte alles gegeben.

Und jetzt war sein Projekt gescheitert, unbedeutend und unbekannt war er nichts als ein winziger Punkt irgendwo in der Stadt und es spielte keinerlei Rolle, was er dachte und fühlte. Ohne die Projektionsfläche der Medien, ohne die Aufmerksamkeit von tausend Augen hatten Leute von seiner Art keinen Boden unter den Füßen, waren nichts als Gespenster. Es würde auch kein neues Projekt geben, er würde sich für keinen neuen Traum begeistern, denn erstens hatte er jetzt so viele Schulden, daß er sich wirklich nicht um etwas Anderes kümmern konnte und zudem war auch sein Selbstbewußtsein zerstört, er konnte nicht noch einmal mit aller Kraft kämpfen, um dann so schroff zurückgewiesen und klein gemacht zu werden. Mit Verbitterung dachte er daran, wie er sich zum Narren gemacht hatte. Wie er sich hatte ausnehmen lassen von den Lieferanten, die jetzt mit ihren Rechnungen kamen oder vielleicht waren es auch die Leute gewesen, die er eingeladen hatte und die dann alle so begeistert getan hatten; irgendwer jedenfalls hatte seine Begeisterungsfähigkeit, seinen naiven Größenwahn ausgenutzt und ihn lächerlich gemacht. Wer es auch immer gewesen war, er hatte seine Gefühle in diese Person investiert, und sie legte darauf keinen Wert.

An der Akademie profitierte er noch eine Weile von dem Statusschub, den ihm die glanzvolle Premiere eingebracht hatte. Es war ihm egal. Aus seiner Studentengeneration waren die schnellsten schon in der Examensvorbereitung, die meisten bekannten Gesichter würden in ein bis zwei Jahren verschwunden sein. Tobias würde länger. Er beobachtete, wie in den Jahrgängen unter ihm eine neue Generation heranwuchs, deren Kleidungscode er nicht verstand. Seine eigenes Outfit wurde langsam etwas abgetragen. Und vor allem sein Radiokopf hatte nun wirklich nichts mehr von einem schnellen eleganten High-Tech-Spielzeug. Er wirkte altmodisch und billig. Dabei kam es Tobias noch immer so vor, als wäre er mit seiner Bedienung noch nicht richtig vertraut, er erinnerte immer noch ein wenig an einen außerirdischer Fremdkörper, dort drunten im kahlen Kellerraum. Tobias fragte sich, ob er vielleicht schon zu alt war, um eine Karriere als Produzent von Sendematerial zu machen. Diese Branche gehörte den Jungen, den Unverbrauchten mit großen Träumen.

Diese Schulden waren es, die mich auf die Idee brachten. Seit der großen Pleite war schon ungefähr ein Monat vergangen. Mir war klar, daß ich mit normalen Studentenjobs niemals genug Geld verdienen konnte, um wieder frei zu. Ich mußte mir also etwas ganz Besonderes einfallen lassen. Wenn sie meine innersten Träume nicht wollten, warum machte ich dann nicht etwas Mieses, Billiges, das mir eine Menge Geld einbrachte? Wer sagte denn, daß ich die Leute nicht dazu bringen konnte, mir zuzuhören, wenn ich es mit allen Mitteln versuchte? Gerade weil ich diese Tricks der seichten Kommerzsender ja so verachtete, kannte ich sie doch gut. Und wenn ich meine innere Hemmschwelle übersprang, wenn ich nichts Schönes mehr machte, sondern mein Publikum nur verachtete und bediente, dann konnte ich mir alles Geld wiederholen, das ich investiert hatte. Oder wozu hatte ich mir all das handwerkliche Können angeeignet? Wahrscheinlich war es immer nur mein Fehler gewesen, daß ich so viel von mir gegeben hatte, daß ich mich so angestrengt hatte. Vielleicht war es verboten, echte Gefühle über die Radioköpfe zu kommunizieren. Vielleicht mußte man oberflächlich sein, um Erfolg zu haben, um inneren Frieden zu finden und als Teil der Medienbranche akzeptiert zu werden. Ich wünschte mir soviel Macht über die Leute, daß sie mir ihr Geld gaben. Für nichts als flüchtige digitale Signale. Ich wünschte, daß ich es war, zu dem sie sich nach Feierabend zurückzogen. Ich wollte die Kontrolle über ihre Gunst, die sie mir so verletzend vorenthalten hatten, als ich an ihre Tür geklopft hatte. In diesem Sinne begann ich schließlich mein drittes (und letztes) Projekt auf der Akademie. Es hieß: „Wie das Leben so spielt". Die tragischen Schicksalsgeschichten wurden abgemildert durch besinnlich-heitere Anklänge und die heiteren Geschichten aus dem Leben hatten stets tragische Untertöne. Ich zog einen professionellen Ghostwriter heran, der mir 99 völlig unterschiedliche Stories schrieb; gegen eine prozentuale Gewinnbeteiligung. Für 99 Folgen. Ein kleines, glanzloses Projekt, aber immerhin überschaubar und beherrschbar. Das, was ich auf der Akademie gelernt hatte, setzte ich bei diesem Projekt voll und ganz ein. arbeitete stets sklavisch nach den Regeln dieser Kunst. Meinen eigenen Gefühlen traute ich nicht mehr.

Tobias hatte sowieso kein Geld, um wegzugehen oder sonst irgendwie Spaß zu haben.

Auch gut, dann konnte er sich ganz auf die Arbeit konzentrieren. Und tatsächlich weckte seine unglückliche Lage ganz ungeahnte Energien in ihm. Er wollte voll und ganz in diesem Projekt aufgehen, nichts anderes sein als einer dieser Produzenten, die mit kühlem Sachverstand entscheiden, was den Leuten dargeboten wird. Wie bei jedem anderen Beruf bekam man auch hier sein Geld nur zusammen, wenn man seine eigenen Gefühle ausklammerte und sich nicht aus dem inneren Gleichgewicht bringen ließ und sklavisch genau das machte, was das Publikum sehen wollte. Letzteres kam Tobias inzwischen gar nicht mehr so banal und verächtlich vor, ganz im Gegenteil war das inzwischen seine große Hoffnung, wie er raus aus dem ganzen Wahnsinn und der Isolation kommen wollte, in der er steckte. Einfach nur ein Produzent sein wie andere auch, einfach nur an irgendwas arbeiten und in dieser Rolle aufgehen. Dann war man ein anerkannter Teil der Welt. Wenn er an der Akademie war, erzählte er Herrn Kalt bis in die kleinsten Einzelheiten von der Arbeit an „wie das Leben so spielt". Der hörte stets mit Interesse zu, gab aber nie einen Kommentar ab. Tobias erwartete auch gar nichts anderes - inzwischen hatte er sich daran gewöhnt, daß die Leute keine Meinung über seine Arbeit hatten.

Ich war nun schon seit drei Tagen damit beschäftigt, das Innere dieser Wohnung zu arrangieren. Nicht, daß es eine besonders wichtige Wohnung gewesen wäre, es war nur ein nebensächlicher Schauplatz im Irgendwo, den die Zuschauer bestenfalls aus den Augenwinkeln wahrnehmen würden. Der durchschnittliche Vorabendzuschauer würde diesen Platz bereits nach 23,7 Sekunden wieder vollständig vergessen haben. Aber in unserer Marketinggesellschaft ist ja gerade das von Wert, was man nur aus den Augenwinkeln wahr nimmt und ich wollte Perfektion atmen, Perfektion sein. Perfekt fiel das goldene Sonnenlicht durch das Fenster zur Terrasse, wo wilde Disteln zwischen den Steinen blühten. Eine verschachtelte Wohnanlage von der Art, wie sie vor langer Zeit mal sehr futuristisch gewesen war, konnte fast überall auf der Welt sein. Eine einzelne kleine weiße Wolke am stahlblauen Sommerhimmel, kaum zu bemerken in der Weite und deshalb ein Stückchen Willkür und Übermut, eine Augenblickslaune. Mein Setting, hier drin war mein Herz zu Hause. Zwanzig Markennamen diskret auffällig im Raum plaziert, würde ordentlich Geld bringen. Eine Tür im Hintergrund stand halb offen und ermöglichte ausschnittsweise den Blick in ein Kinderzimmer, der Fußboden war mit Plastikspielsachen bedeckt. Modisches billiges Zeug in grellen Farben und großen Mengen.

Ich war mir nicht sicher, ob sie so richtig lagen; ob der Strom des Lebens Spielsachen wirklich in solchen Mustern auf Kinderzimmerteppiche spült?

„Anja, schau Dir mal die Spielsachen an!"

Sie war tatsächlich immer noch dabei. Warum, wußte ich nun weniger als je zuvor. Wo sie doch ihr eigenes Drehbuch hatte, ihre eigene Richtung, ihren eigenen Plan. Aber sie blieb bei mir und machte, was ich sagte.

13

Das Ende der Karriere von Tobias Aschenbrenner

Jetzt ist alles aus. Tobias geht mit einer gewissen Post-Punk-Ästhetik unter.

Schließlich kam der große Tag, an dem die erste Staffel von „wie das Leben so spielt" perfekt und sendefertig war. Ich hatte eine recht begabte Graphikstudentin engagiert, die einen interaktiven Werbekatalog erstellte. Das ließ den Berg meiner Schulden zwar noch höher anwachsen, aber wer an der falschen Stelle spart, wird es niemals zu Geld bringen. Es war wichtig, daß ich mein Produkt professionell präsentierte, wenn ich es an die Sendeanstalten verkaufen wollte.

Ich schickte die Kataloge los, dann legte ich mich auf meine Matratze und schlief über sechzehn Stunden lang. Als ich aufwachte, informierte ich mich über Uhrzeit und Datum. Mein eigenes Zeitgefühl war völlig durcheinander. Mit einem bescheidenen Frühstück kauerte ich mich vor den Radiokopf und zog Bilanz: Mein Kontostand war jetzt auf einem derartigen Tiefpunkt, daß ich jeden Tag damit rechnen mußte, den Zugriff gesperrt zu bekommen. In der Tasche hatte ich noch etwas Kleingeld, aber weiter als zwei, maximal drei Tage reichte das keinesfalls. War es also ganz wichtig, daß die Sendeanstalten möglichst schnell antworteten und zumindest einen Vorschuß rüberwachsen ließen. Aber man mußte sich da in Geduld üben, die internen Entscheidungsstrukturen einer Sendeanstalt sind natürlich kompliziert. Es hatte keinen Sinn, die ganze Zeit wie auf glühenden Kohlen zu sitzen. Besser ruhig wie ein Profi bleiben und nicht zu viel dran denken. (Aber angenommen, sie wären von der ersten Staffel so begeistert, daß sie gleich Folgeaufträge erteilten und im Voraus bezahlten, dann wäre ich tatsächlich saniert. Dann wäre ich schuldenfrei und müßte mich nicht mehr von Anja einladen lassen.)

Noch ein kurzer Blick auf meinen Zensurenspiegel: Einige Werte waren auf alarmierende Weise in den roten Bereich gerutscht. Ich hatte getan, was ich konnte, aber neben meinem letzten Projekt war einfach keine Zeit zum Lernen übrig geblieben.

Und jetzt? Keine Ahnung. Vielleicht einen Spaziergang machen. Etwas frische Luft, warum nicht?

Mit geschäftsmäßiger Ruhe und Selbstdisziplin brachte Tobias die ersten beiden Wochen des Wartens hinter sich. Sie ließen sich Zeit. Sein Konto wurde - wie erwartet - gesperrt und er mußte sich etwas Geld von Anja ausleihen. Dazu war er bisher immer zu stolz gewesen. Aber wenn er die Staffel erst einmal verkauft hatte... Eine weitere Woche verging, und noch immer nichts. Tobias hielt es für das Beste, wenn man die Zeit sinnvoll nutzte, dann fiel auch das Warten leichter. Er lernte deshalb für die Akademie. Obwohl er sehr sparsam lebte, war von dem Geld, das er sich geliehen hatte, nicht mehr viel da. Noch einmal würde er Anja aber nicht bitten, er war schließlich ein aufstrebender Medienschaffender und kein Bettler. Deshalb sparte er während der nächsten zwei Wochen eisern, er ernährte sich so ungesund, daß er ganz dünn und blaß wurde. Er dachte den ganzen Tag an nichts anderes mehr, als an das Antwortschreiben, das jeden Tag kommen mußte. Zum Lernen fehlte ihm inzwischen die innere Ruhe, anstatt dessen ließ er sich stundenlang im Strom der Passanten durch die Innenstadt treiben. Die Gedanken in seinem Kopf hallten laut wie die Boxen bei einem großen Rockkonzert und hörten sich an wie die professionell-glatten Stimmen von Nachrichtensprechern. Sein privates Radio. Er dachte viel über sein künstlerisches Talent nach, über all die subtilen Tricks, die er in „wie das Leben so spielt" zum Einsatz gebracht hatte. Die Anderen auf der Akademie würden ganz schön schauen, wenn sein Material zur besten Sendezeit laufen würde. Eine weitere Woche verging. Weil es ihm peinlich war, daß er Anja das Geld immer noch nicht zurückzahlen konnte, ging er ihr aus dem Weg. Er haßte es, allein in seinem Kellerzimmer zu sitzen. Fast immer hielt er sich nun an Orten auf, wo er die beruhigende Gegenwart vieler fremder Leute um sich wußte. Öffentliche Bibliotheken etwa, oder der Flughafen. An solchen Orten war er Teil der Menge, ein winziges Stück der Stadt im Schwebezustand, das auf eine erlösende Botschaft wartete, damit es sein Leben wieder aufnehmen konnte.

Ein paar Tage später kam ihm plötzlich ein schrecklicher Verdacht: Wenn sein Konto gesperrt war, dann konnten die von der Telekom die Rechnung für seinen Radiokopf nicht mehr abbuchen. Wahrscheinlich schnitten sie ihn deshalb von aller Kommunikation ab und wahrscheinlich hatte ihn der Antwortbrief aus diesem Grund nicht erreicht. Zitternd vor Aufregung rannte er nach Hause. Dort checkte er den Radiokopf durch, fand aber kein Anzeichen für eine Sperrung. Aber wenn sie ihm die Post gesperrt hatten, dann mußten sie ihm das doch mitteilen? Ach so, vielleicht war der Brief versehentlich an seine Vermieterin gegangen. Offiziell lief der Anschluß ja auf den Namen der alten Frau. Aber als er sie darauf ansprach, sah sie ihn nur groß an. Der Anschluß im Keller sei tot, sagte sie, eine Attrappe. Eine sinnlose Buchse in der Wand ohne Verkabelung, ohne Anschluß an das Netz. Von dort unten könne niemand mit der Außenwelt kommunizieren.

Als er das hörte, lachte er. Die alte Frau verstand nichts von Technik und wußte nicht, daß er seit langem alle geschäftlichen und privaten Kontakte über diesen Anschluß pflegte. Wie oft hatte er Anjas Bild auf der Mattscheibe gesehen? Er wartete weiter und schließlich verstand er auch den Sinn dieses Wartens: Er quälte sich selbst. Ein Künstler holt sich von der Außenwelt immer die Reize, die er für sein Kunstwerk braucht. Tobias war ein Künstler, und er stand auf dieses Mix von Einsamkeit, Ziellosigkeit und Hunger, das die Gefühle in ihm zu einer tickenden Bombe zusammenballte. Normale Menschen mögen ab und zu Probleme haben, ein Künstler hat immer nur seine Show. Es war eine wichtige Erkenntnis, daß das beharrliche Schweigen der Sendeanstalten kein äußeres Problem war, sondern von ihm selbst kam und Teil seiner Show war. Wenn er erst einmal eine andere Show wollte, würden sie ihm alle zu Füßen liegen. Aber vorerst mußte das hier erlebt werden, da war nichts zu machen. In seiner Tasche hatte er noch etwas über hundert Mark, davon kaufte er sich eine teure schwarze Sonnenbrille mit Stahlgestell. Das Kostüm für seine Show. Leute seht, ich bin nicht wirklich in Not. Ich bin Tobias Aschenbrenner und sehr begabt und schwimme in Schönheit und Kunst und geruhe grade zu verhungern und dabei diese Sonnenbrille zu tragen. Das ist nun mal eine Erfahrung, die ich unbedingt machen muß. Das ist nun mal ein bestimmer Lebensabschnitt, aber morgen werde ich reich sein. Also seht mich heute hier, losgelöst vom banalen Alltag, auf den blinden wütenden Straßen der Stadt. Seht her, ich bin ein Star. Seht her, oder ich trete Euch die Fresse ein.

Solange ich meine Sonnenbrille auf hatte, wußte ich, daß alles nur ein Spiel war. Sonst wäre das Panorama auf der Innenseite der schwarzen Gläser auch wirklich beunruhigend gewesen; die steinernen Gebäude, die sich ungnädig über mir empor wölbten. Selbst auf den weitesten Plätzen gelang es den Leuten irgendwie, sich mir mit provozierender Unbeweglichkeit in den Weg zu stellen, so daß wir fast zusammenstießen. Sie sahen mich so an, als ob ich ihnen nicht so unbekannt war, wie sich Fremde in Großstädten doch eigentlich sein sollten. Der rauhe graue Wind zerrte an meinem Haar und meiner Kleidung, oft brachte er böigen Regen mit. So konnte das nicht weitergehen, ich brauchte eine Pause. Am Besten ging ich schnell ins große Bahnhofsgebäude, eine gewaltige Höhle, in der Metall an Metall stieß und dumpf ächzte, in der zahllose Menschen wimmelten und lärmten. Ich fand dort einen Zufluchtsort, einen Sitz aus Drahtgeflecht auf einem der vielen Bahnsteige. Neben einer Frau mit einer Menge ausgebeulter Plastiktüten und einem Mädchen mit Walkman ruhte ich geborgen, unbemerkt von den rastlosen Wachen, die jeden Moment vorbeikommen konnten, um mich zu vertreiben. Ich vergrub mich in meiner nassen Jacke, so tief ich konnte. Da schlief ich ein und hatte einen schönen Traum. Am Tag der Tage zog ich das Los der Lose. Ich machte bei einem Preisausschreiben mit und die Nummer stimmte. Man benachrichtigte mich, daß ich beim Wettbewerb „Be Free in Space" einer großen Zigarettenmarke ausgewählt worden war, die Menschheit im All zu repräsentieren. Alle Zeitungen wollten wissen, wie ich mich fühlte, ob ich nervös war. Ich schüttelte den Kopf und lächelte. Die Reporter quetschten mich hartnäckig über meinen Gesundheitszustand aus, aber es gab nicht mehr zu sagen, als daß ich topfit war - es war eine gewaltige Publicity für mich und eine gewaltige Publicity für die Zigarettenmarke. Dann flog man mich nach Rußland, genauer gesagt in eine spätsommerliche Industriestadt irgendwo hinter dem Ural. Dort begann das Training. Reaktionstests, Kreislaufübungen, Gewöhnung an die Schwerelosigkeit. Es war ein harter Kampf, aber ich wußte, daß ich es schaffen würde. Ich sagte es den Reportern. Ich lächelte. Sie fanden es gut und machten Fotos von mir. Die Rakete stand bereit, das Logo der Zigarettenmarke prangte in gewaltiger Größe auf dem Rumpf. Letzte Telephonate mit Freunden und Verwandten, letzte

Interviews. Innerhalb der entscheidenden vierundzwanzig Stunden vor dem Start verhängten die Zigarettenmanager eine Nachrichtensperre, falls etwas schief ging. Ich machte mein Testament, sicherheitshalber. Duschte am letzten Morgen. Zog meinen Overall an, mit dem Zigarettenlogo auf der Brust. Aber als ich die Kapsel betrat, zögerte ich keine Sekunde. Dann kam der Start, die Riesenfaust der Schwerkraft, die mich zu zermalmen schien. Mit unglaublicher Geschwindigkeit entfernte ich mich von allem, was ich kannte. Allmählich ließ der Druck nach. Und dann war es geschafft, meine winzige Kapsel hing in der Umlaufbahn und ich sah aus dem Fenster auf die blaue Murmel Erde, im Funkgerät Rauschen und Stimmen, die mit mir sprachen. Elektromagnetische Wellen brachten menschliche Kommunikation. Ich konnte sie nicht erkennen, dort drüben auf dem kleinen Planeten. Aber ich wußte, daß sie in Gedanken bei mir waren. Atemlos lauschten sie, wie ich ihnen meine Gefühle erzählte. Ich schwebte. Ich, ganz außerhalb und doch mitten drin. Auf der Erde wurden zwei größere Kriege vorläufig unterbrochen, damit die Soldaten Anteil an meinem Schicksal nehmen konnten. Der Zigarettenabsatz stieg gewaltig an. Das warme Blau dieser kleinen Murmel vor dem Hintergrund der schwarzen Wirbel des unendlichen Alls. Ich fühlte mich ganz frei und glücklich und sagte es allen und unten auf der Erde breitete sich ein Lächeln aus über alle Gesichter.

Da kamen die Wachen, weckten mich und vertrieben mich. Sah ich denn so heruntergekommen aus, daß sie mich nicht eine Minute lang für einen gewöhnlichen Reisenden gehalten hatten?

14

Ein Pakt, ein Wendepunkt

Teufel, die gekleidet sind wie Geschäftsleute, sind ein Klischee der Siebziger und Achtziger. In den Neunzigern sind sie seltener geworden und in den Nullern werden sie vermutlich ganz verschwunden sein. Alte Vorurteile werden abgebaut. Den irrationalen, kreativen Energien wird allgemein mehr Bedeutung beigemessen. Kunst und Geld finden leichter zusammen, als früher.

Eines Nachts befand sich Tobias unten am Wasser, in der Nähe des Hafens. Ein Fährboot hatte ihn auf die andere Seite der Elbe gebracht, wo die großen Containerterminals und Öltanks waren. Hier gab es einen kleinen Platz mit vielen Bänken, von dem aus die Touristen einen guten Ausblick hatten auf die Stadt jenseits des Wassers. Heute nacht war der Platz aber verlassen, das Wetter war zu schlecht. Die Bänke und Papierkörbe des Platzes wirkten im blassen Laternenlicht nicht so, als wären sie für die Benutzung durch Menschen bereitgestellt, sondern eher wie außerirdische Artefakte oder wie Monumente einer vorzeitlichen Zivilisation. Der Regen überflutete die roten und weißen Steinplatten, mit denen der Platz gepflastert war, suchte sich dann seinen Weg hinab zu den Fluten der Elbe. Tobias dachte sich, daß das Einzige, was er an seinen Mißerfolgen wirklich nicht aushielt, diese Lautlosigkeit war. Warum hatte seine pausenlose Arbeit keine Spuren hinterlassen? Niemand hatte ihn beschimpft, niemand hatte ihm gesagt, daß das, was er machte, schlecht sei. Niemand hatte über ihn gelacht. Die Leute waren guten Willens und sahen ein, daß in seinem Material eine Menge Arbeit und Talent steckte. Aber sie hatten einfach so wenig Zeit. Sie wollten sich seine Geschichte anhören, aber es kam immer etwas dazwischen. Keiner hatte etwas gegen ihn, keiner wollte ein Urteil über ihn sprechen. Aber alle schickten ihn weiter. Er haßte diese Leute, die das Geld besaßen und das Vertriebsnetz und die entschieden, was er war und werden durfte und was nicht. Dieses lautlose Versanden, dieses undramatische Scheitern, das so alltäglich wie endgültig war, das war hart und ungerecht. Aber es war aus, dem mußte man ins Gesicht sehen. Er hatte sich so stark und begabt gefühlt, als er in Hamburg angekommen war und nie hätte er sich träumen lassen, daß es so wenig war, was er vor sich hatte.

Ach, wenn es nur eine Möglichkeit - irgendeine Möglichkeit - gäbe, die Gesetze zu verbiegen und das Schicksal auf eine andere Bahn zu lenken. Wenn es irgendwo einen Teufel geben würde, der seine Verzweiflung spürte und sich dafür interessierte und ihm einen Preis nennen konnte für einen kleinen Karriereschub. Tobias hätte nicht gezögert. Aber Erwachsene sind nun mal allein mit ihren vertanen Chancen, den zugefallenen Türen des Lebens, und niemand will mit ihnen über ihre Vergangenheit verhandeln.

Tobias war seit mehreren Tagen nicht mehr in seinem Zimmer gewesen. Er brachte diesen Ort in Verbindung mit seinem Leben auf der Akademie, einem Zeitabschnitt, der jetzt unwiederbringlich hinter ihm lag. Dieser Ort erinnerte ihn an zu viel, an nächtliche Ferngespräche mit Anja und hochfliegende Träume und den kalten Rausch disziplinierter Arbeit. Es war ihm unangenehm, die altmodischen buckligen Konturen seines Radiokopfs zu sehen, der irgendwann aufgehört hatte, eine Lockung der Ferne zu sein und nun eher einer zugefallenen Tür entsprach. Außerdem war er mit der Miete im Rückstand und wenn Botschaften für ihn angekommen waren, dann war da bestimmt nichts Angenehmes dabei. Das waren gute Gründe, nicht in sein Zimmer zu gehen, und Tobias wußte wirklich nicht, warum er sich trotzdem abwandte von den nächtlichen Fluten der Elbe und langsam zurück ging.

Es war aber die richtige Entscheidung, denn so merkte er wenigstens, daß er offenbar vergessen hatte, den Radiokopf auszumachen, als er das letzte Mal hier gewesen war. Und das mußte scheinbar eine ganz ordentliche Weile her sein, den Spinnweben nach zu urteilen.

Das Zimmer war in fahl-elektrisches, graublaues Licht getaucht. Atmosphärisches Rauschen und seltsame Pfeifsignale schwollen an und wurden wieder leiser. Ohne die Aufmerksamkeit eines Menschen als Fokus strahlte der Radiokopf ein zufällig generiertes Programm aus, eine aussagelose Bild- und Tonwüste von monotoner Fremdartigkeit. Doch als Tobias um die Maschine herumging und sich der Mattscheibe zuwandte, sah er dort etwas,

was er nicht erwartet hatte: Es war der große Hörsaal der Akademie und zwar so, wie er jetzt zu dieser Nachtstunde wohl tatsächlich aussehen mußte. Die hohen Sitzreihen waren verlassen, ein wenig Licht fiel von der Straße her durch die hohen Fenster ein. Auch der Sitz, auf dem Tobias meistens gesessen war, war zu dieser Stunde verlassen. Anjas Sitz, ebenso leer. Genauso auch die übrigen, mit einer Ausnahme: Auf einem der Plätze saß Herr Kalt und sah ihn an. Der Agent sah von seiner Kleidung und Körperhaltung her so aus, wie er auch immer an der Akademie gewesen war und es schien ihn nicht zu irritieren, daß er diesmal nicht von den üblichen Studentenscharen umgeben war, die sich eifrig bemühten, auf ihn einen guten Eindruck zu machen.

„Guten Abend, Herr Aschenbrenner. Ich habe lange auf sie gewartet."

Tobias dachte an den Radiokopf, der offenbar tagelang hier unten aktiviert gewesen war, während er durch die Stadt gestreunt war.

„Guten Abend. Es tut mir leid, daß wir uns erst jetzt treffen. Man geht eine ganze Weile vom Hafen bis hier."

„Dann lassen Sie uns wenigstens jetzt keine Zeit verlieren. Um es geradeheraus zu sagen - ich habe mir die kleinen Muster ihrer Arbeit angesehen, die sie uns zugesandt haben. Und ich entdecke darin einen guten Kern, doch, einen guten Kern. Natürlich nichts, was von der Qualität wäre, daß man es jetzt sofort unter die Leute bringen könnte; aber immerhin ein ausbaufähiges Grundkonzept.

Mit dem Geld und den Vertriebskanälen meiner Auftraggeber ließe sich da bestimmt etwas daraus machen."

Ich schluckte.

Er beobachtete mich und begann zu lachen, erst verhalten, dann immer stärker, bis es ihn in glucksenden Stößen schüttelte.

„Ein begabter junger Mann. Doch, doch. Aber wissen Sie, ein kleines Problem wäre da noch."

„Was meinen Sie?"

„Es ist ein großes finanzielles Wagnis, in unbekannte Newcomer zu investieren. Dieses Wagnis ist nur dann tragbar, wenn diese Newcomer ein erstklassiges künstlerisches Konzept haben. Der Traum im Hinterkopf muß stimmen."

Er sah mich bedeutungsvoll an.

„In unserer kurzlebigen Welt darf man gute Ideen nicht aufsparen. Es muß der beste Traum sein, von dem sie je gehört haben."

Der beste Traum, von dem ich je gehört hatte? Natürlich hatte ich in meine bisherigen Projekte alles gesteckt, was ich an Ideen gehabt hatte; ich wäre niemals so verrückt gewesen, da etwas aufzusparen. So verrückt war doch niemand, außer vielleicht Anja.

„Nur, wer den besten Traum, von dem er je gehört hat, ausarbeitet und ihn sich gedanklich aneignet, der hat in der harten Medienbranche eine Chance. Wir wissen aus zuverlässiger Quelle, daß Sie der einzige Mitwisser eines außergewöhnlichen und in hohem Maß massenattraktiven Traumes sind. Er wurde Ihnen in einer Nacht mit zu wenig Schlaf enthüllt, während das Licht der Autoscheinwerfer über Wände und Decken wanderte.

Diesen Traum müssen Sie sich zu eigen machen und ausarbeiten, dann haben Sie ein Ticket in die Herzen der Menge. Wenn Sie davor zurückscheuen, vergessen Sie`s. Sie werden in diesem Fall von uns keine zweite Chance bekommen."

Dann ging es ihnen also gar nicht um mein Talent. Das ernüchterte mich und beleidigte mich auch, machte mich wütend auf Anja.

„Wenn Sie den Traum wollen, warum gehen Sie nicht direkt zu Anja?"

„Sie sagt nichts. Sieht alles aus einem mystischen und persönlichen Blickwinkel mit egozentrischen Verzerrungen, ist in dieser Hinsicht völlig pervertiert. Da es niemand außer Ihnen gibt, dem sie davon erzählt hat, kommen Sie in die glückliche Lage, für uns von relativ hohem Wert zu sein. Also wie schaut`s aus?"

Was gab es da zu zögern? Natürlich nahm ich an.

15

Ankunft auf der anderen Seite der Mattscheibe

Tobias hat es geschafft, er ist ein Star und berühmt. Das führt zunächst dazu, daß der den gängigen Klischees verfällt, wie bei Neureichen üblich.

Sie nahmen sich einen ganzen Tag Zeit für ihn, damit sie miteinander reden konnten. Um Tobias zu holen, schickten sie kurz vor Sonnenaufgang ein großes Auto vorbei; der Fahrer lenkte es durch den morgendlichen Stoßverkehr hinaus auf eine breite Ausfallstraße und sie verließen das Häusermeer. Es ging in Richtung Osten, durch eine flache verlassene Landschaft. Dann gab es plötzlich eine deutlich spürbare Veränderung, sie hatten das Hinterland der ehemaligen DDR erreicht. Ihr Weg führte abseits, über schlechte Straßen, die mit langen Alleen von Obstbäumen gesäumt waren. Dann waren sie schließlich angekommen, an einem länglichen See, dessen klare weite Wasserfläche sich grau und still ausbreitete.

Ein wichtiger Entscheidungsträger des Medienkonzerns hatte hier seine Jacht liegen, es war ein edles Schiff aus rötlichem, fein gemaserten Holz und sah so aus, als käme es aus einer vergangenen Zeit vom Anfang des Jahrhunderts, als es noch keinen Massentourismus und nur wenig Technologie gab. Zusammen mit dem Agenten kniete er auf dem Vorderdeck und führte irgendwelche Reparaturarbeiten an einem Segel aus. Sie begrüßten Tobias kurz, gaben ihm flüchtig die Hand. Der Entscheidungsträger hatte wäßrige blasse Augen, wie der See.

Als sie abgelegt hatten und der Bug das wellenlose Wasser durchschnitt, gingen sie beide zum Verhandeln in die Kajüte, während der Agent draußen blieb und auf das Schiff aufpaßte. Der Entscheidungsträger bot Tobias ein Stück hellgrauen Kuchen an, das zwar noch weich war, aber trotzdem irgendwie wirkte, als käme es aus der gleichen Vergangenheit wie das Schiff. Tobias aß es. Er hatte den Eindruck, daß dieser Mann hier ihn ernst; er zeigte jedenfalls nicht die latente Geringschätzigkeit von Herrn Kalt. Alles Neuland für ihn, er hatte noch nie Vertragsverhandlungen geführt und mußte aufpassen, daß man ihn nicht übers Ohr haute. Jedenfalls wollten sie nicht nur Anjas Traum in Erfahrung bringen, sondern zeigten sich durchaus auch interessiert daran, ihn selbst langfristig unter Vertrag zu nehmen. Vielleicht dachten sie, daß niemand diesen Traum zu einem marktfähigen Medienprodukt ausarbeiten konnte, der ihn nicht direkt aus dem Mund der Träumerin gehört hatte. Er bekam einen sehr weiten finanziellen Spielraum und den allerersten Platz im Vertriebsnetz. Eine gewaltige Werbekampagne würde dafür sorgen, daß jeder auf dieses Werk aufmerksam wurde. Sie würden ihn keinesfalls unter Zeitdruck setzen und selbst, wenn sein Produkt ein kommerzieller Mißerfolg werden würde, würden sie ihn nicht rausschmeißen, sondern ihm eine neue Chance geben. In jedem Fall bekam er sofort auf die Hand einen dicken Vorschuß, mit dem seine privaten Finanzen mehr als saniert waren. Sie wollten auf gar keinen Fall, daß er zurück in seinen Kellerraum ging und auch das Studium auf der Akademie sollte er aufgeben. Anstatt dessen wollten sie ihn in die Welt ihres Konzerns integrieren, ihn den wichtigen Leuten vorstellen. Der Entscheidungsträger hatte sogar eine abgescheuerte Mappe aus grauem Pappkarton dabei, in der sich Hochglanzentwürfe für die Verpackung von Tobias erstem Werk befanden. Er ging sie zusammen mit Tobias durch, seine Stimme war dabei ernst und feierlich. Das Einzige, was diese Entwürfe miteinander gemeinsam hatten, war die kleine Sonne in der unteren rechten Ecke, das Logo des Medienkonzerns. Er hieß „Feuerlichtauge", ein nun wirklich etwas komischer Name. Was auch immer sich die Werbeleute bei diesem Namen gedacht hatten, das große Auge blickte an diesem Tag wohlwollend auf Tobias Aschenbrenner herab und das war das Entscheidende. Tobias unterschrieb den Vertrag mit dem Füller des Entscheidungsträgers; es war ein abgenutzter altmodischer Schulfüller. Die Tinte war blau.

Als sie anlegten, sagte der Entscheidungsträger noch, daß es heute Abend ein großes Fest zu Tobias Ehren geben würden.

Der Agent geleitete mich zurück zum Auto und wir verließen diesen abgelegenen Ort. Das Auto polterte über die löchrigen Straßen und mit einem Ruck hielten wir plötzlich, vor einem Laden in einer kleinen Stadt mit vielen alten Häusern. Herr Klein beugte sich zu mir herüber:

„Komm."

„Was wollen wir denn hier?"

„Anzug kaufen, komm schnell. Wir haben es eilig."

Wir gingen in den Laden und kauften den teuersten Anzug, den es dort gab. Dazu passende Schuhe. Zurück in die Stadt. Dort steuerten wir ein großes altes Haus in der Innenstadt an, das mit seinen überladenen Fassaden wie eine mittelalterliche Burg wirkte. Die Lichter hinter den Fenstern waren grün, blau, rot. Festbeleuchtung. Es war schon alles im Gange. Buntes grell geschminktes Volk stand in Grüppchen zusammen und lagerte auf Kissen. Sie redeten nicht viel miteinander, dazu war die Musik zu laut. Diese Musik hatte für meine geschulten Sinne jene ganz bestimmte Faszination, wie sie die Hits des Spätsommers im Frühjahr haben, wenn sie noch nicht im Laden erhältlich sind. Als wir eintraten, gab es ein großes Hallo. Man hatte schon von mir gehört. Ich hatte mir solche Leute aus der großen weiten Welt immer unnahbar und kalt vorgestellt, aber die hier waren unkompliziert, locker, hatten jede Menge Spaß, den sie gern mit mir teilten. Sie hatten alle miteinander ein freies Lachen, und sie gestikulierten stark beim Sprechen. Sie wollten alles mögliche über mich wissen. Da konnte ich ihnen jede Menge erzählen. Vor allem interessierten sie meine bisherigen Projekte, meine Arbeitstechniken. Sie erkannten, wie abenteuerlich und großartig meine Idee (eigentlich war es ja die von Anja, aber das wußte niemand) war und ließen sich mitreißen von meinem Redeschwall. Ich breitete meine Arme in einer tänzerischen Bewegung aus. Ich ließ mich fallen in das Blau des Schwimmbeckens. Als ich auftauchte, sahen sie mich alle an, aber jetzt wußte ich, daß mir das nicht unangenehm sein mußte. Das hier war mein Team, die Leute, die man für mich zusammengestellt hatte, damit wir gemeinsam das beste Stück Massenkommunikation machten, das jemals vor den Augen der Menge enthüllt werden würde. Als mir das klar wurde und ich damit auch verstand, weshalb sie sich so sehr für meine Arbeitstechnik interessierten, mußte ich laut lachen. Sie lachten mit. An diesem Abend verstand ich zum ersten Mal wirklich den Sinn eines Festes. Ich verstand, was für ein Band der Verständigung festliche Kleidung, Musik und gute Getränke zwischen Menschen schaffen kann. Wir wurden zu einer Gemeinschaft, ohne viele Worte.

Ich saß etwas später in meinem nassen Anzug oben auf einer breiten Marmortreppe, links und rechts neben mir zwei Mädchen. Unten das Gewühl. Die Mädchen hatten Klamotten aus Gummi und Metallfolie, die eine hieß Beta und die andere Delta. Ich brachte ihre Namen andauernd durcheinander, dann kicherten sie. Ich bat die eine von ihnen, mir mit ihrem Lippenstift ein Feuerlichtauge auf die Brust zu malen. Ein cooles Zeichen, unter dessen Schutz ich jetzt stand. Die Gewinner erkennt man am Sonnensymbol auf ihren Werken, ein mächtiger globaler Konzern mit bodenlos tiefen Finanzquellen und exponentiellen Wachstumsraten. Das Talent der Menschheit, gebündelt in einer Firma. Der Agent hatte mir ein Handy mit Bildschirm gegeben, einen kleinen mobilen Radiokopf, der ständig konzerninterne

Botschaften und Grüße von allen Kontinenten übermittelte. Scheinbar waren dort jetzt auch überall Feste. Fremdartiges Lachen, fremdartige Musik dudelte aus den Miniaturboxen. Ich konnte im Moment noch nicht so viel mit diesem Kommunikationsstrom anfangen, aber das würde man mir schon beibringen. Man würde mich nicht vergessen, da hatte ich keine Bange.

Unten sah ich ein Mädchen, das sich schwungvoll einen Weg durch die Leute bahnte. Sie hatte ein auffälliges Gesicht mit hohen eleganten Augenbrauen und war auch in diesem Look gekleidet, Gummi und weite Metallfolien. Ich fragte meine Begleiterinnen, wie sie hieß.

„Lamda."

Und bei dieser Antwort zog sie wie in einer Parodie die Augenbrauen hoch.

16

Sommerland Eins

Ein sonnenwarmes traumschweres Sommerland, ein romantischer Ort. Ein idealer Spielplatz. Was will man mehr?
Ideale Orte können einem schnell auf die Nerven gehen.

Tobias überlegte ein paar Tage lang und dann sagte er ihnen, was er fürs Erste von ihnen wollte: Ein Schloß, im Süden, am Meer, wohin sich das ganze Team zurückziehen konnte, um in Ruhe zu arbeiten.

Ein Schloß, klar.

Sie gaben es ihm.

Ein außerplanmäßiges Flugzeug brachte sie dort hin, wo es sommerlich warm war. Rote und gelbe Flechten schrieben eine unlesbare Zauberschrift auf die geborstenen grauen Steinplatten der Wände und Terrassen. Überall kleine rote Ameisen. Niemand kannte die Zahl der Zimmer. Die Zeit schien hier lange still gestanden zu sein, bis die hochmotivierten Techniker des Konzerns über Nacht das Equipment brachten, eine provisorische Stromversorgung installierten. Als Tobias mit seiner Bagage eintraf, waren sie aber schon wieder verschwunden, wie es dienstbare Geister eben zu tun pflegen.

Unterhalb der großen Terrassen und Treppen gab es einen Park mit unbekanntem Ausmaß, in dem hundertjährige Buchen unter parasitärem Efeu erstickten. Hohes Schilfgras wuchs aus

Springbrunnen. Irgendwo dahinter war der Strand, das Meer. Der Himmel war alle Tage weit und klar, so ganz anders als in Hamburg.

Dunkel klingendes Holz, ein tiefer Ton erfüllt vibrierend die Luft, bis die Lunge des Flötenspielers leer ist, dann verebbt er allmählich. Die Schloßmauern werfen ein mattes Echo zurück. Schneller und heller erschallen weitere Klänge, der Atem fliegt über die Schilfrohre der Panflöte. Da hörte die Natur, daß wir jetzt da waren. Die langen schwarzen Haare dieses Musikers waren zu einem Zopf zusammengebunden. Deshalb konnte ich ihn gleich von Anfang an von den Übrigen unterscheiden; bis ich aber restlos alle in meiner Truppe auseinanderhalten konnte, brauchte es noch ein paar Wochen. Aber das machte nichts, wir hatten ja Zeit...

Als wir uns auf die Zimmer verteilt hatten und sich die erste Aufregung gelegt hatte, da spürte ich, daß sie eine große Geste von mir erwarteten. Dieser Ort hier mußte symbolisch in Besitz genommen werden, unser großes Projekt mußte symbolisch begonnen werden. Da gab ich folgenden Beschluß aus: Niemand von uns sollte sich von jetzt an die Haare oder Fingernägel schneiden, kein Teller sollte abgewaschen werden, und die großen Doppeltüren zum Park sollten nicht mehr geschlossen werden, auch nicht bei Gewitter, bis unser Projekt fertig war. Keine Kerze sollte ausgeblasen werden, bevor sie herunter gebrannt war. Alle Uhren mußten angehalten werden, und alle Kalender zerrissen. Keine Nachrichten, kein Kontakt zur Außenwelt. Keine

Kulturkonserve sollte abgespielt werden, außer wenn es bei der Arbeit unverzichtbar war. Alles sollte verfallen.

Dann lief alles wie von selbst, kam gut in Fluß. Unsere kleine Gemeinschaft fand ihren Rhythmus des Zusammenlebens, des Zusammenspiels bei der Arbeit. Wir frühstückten an einer langen, weiß gedeckten Tafel. Und jeden Abend machten wir ein großes Lagerfeuer. Die Gesichter derjenigen, die erzählten oder lauschten, lagen meist im Dunkeln und so war ich mir am Morgen nie ganz sicher, wen von ihnen ich da kennengelernt hatte. Alle Anwesenden hatten außergewöhnliche und weltweit einzigartige Talente, die dynamische und expansive Energie des Feuerlichtauge-Konzerns pulsierte in ihren Adern. Es war sehr angenehm, mit einem so großen Team zu arbeiten, nachdem ich jahrelang immer bloß Anja gehabt hatte. Wenn es mal mit einem nicht so gut lief, ging ich eben zum nächsten. Diese bunte Mischung einzigartiger Persönlichkeiten brachte Schwung in jeden Tag und beflügelte meine Phantasie. Nur das Rauschen des Laubes, der Ozean, Taubenrufe und junge, wohlklingende Stimmen im Ohr, die mir langsam immer vertrauter wurden. Das war schon etwas Anderes als der Lärm der Stadt. Gut für die Nerven.

Wir spielten Ballspiele am Strand. Am Nachmittag wurde der Sand aber meistens zu heiß dafür, dann wichen wir ins hohe Gras aus. Allein oder in Gruppen liefen wir durch die verlassene Natur. Wir zwangen uns nie zur Arbeit, sondern machten das, was wir wollten. Trotzdem kamen wir viel, viel zügiger voran, als wir angenommen hatten. Spielerisch entstand unter den Händen unserer Gemeinschaft Material von ungeahnter Qualität. Es war geradezu von einer kindlichen Reinheit, fremdartiges Zeug, seltsam. Wir waren richtig verblüfft, daß wir so etwas produzieren konnten; wir verstanden auch nicht, wie das geschah. Meistens gelang bereits der erste Versuch so gut, daß eine Nachbearbeitung ganz offensichtlich keinen Sinn machte. Es gab überhaupt keinen Streß, wir lebten und arbeiteten in unserem natürlichen Rhythmus. Trotzdem, im Hinterkopf blieb immer die Sorge, daß es auch diesmal wieder ein Fehlschlag werden könnte.

Es gab Momente, in denen dieser Ort der Glückseligkeit etwas Trügerisches und Unwirkliches hatte. Schließlich war ich mir schon dreimal meines Erfolges sicher gewesen, und war ich nicht dreimal enttäuscht worden? Und war es nicht ein böses Zeichen, daß wir uns gar nicht anstrengten? Kann man auf Erfolg hoffen, wenn man gar nicht richtig arbeitet? Aber konnte man uns wirklich vorwerfen, daß uns damals alles so leicht von den Händen ging? Vielleicht war es nicht auf Dauer, dieses Glück, aber fürs erste war ich hier und lebte in vollen Zügen, öffnete alle Sinne. Ich genoß es, endlich einmal keine Probleme zu haben. Wir hatten schon lange keine sauberen Teller mehr und die Fingernägel brachen uns gelegentlich ab, aber das machte nichts, wir hatten es nicht eilig.

Wie gern erinnere ich mich an dieses erstklassige Team unter meiner visionären Leitung. An die glatten jungen Gesichter im Dunkel der Büsche, gefleckt von Sonnenlicht und Schatten wie Raubkatzenfell. An die rasend schnell tobenden Körper beim

Ballspiel vor der Weite des Ozeans. An den gemeinsamen Klang unserer Stimmen, wenn wir abends Lieder sangen. An ihre träumerischen Augen, die das Wunder zu verstehen suchten, das sich beim Tod der Nachtfalter in der Kerzenflamme offenbarte.

Es waren natürlich haufenweise schöne Mädchen dabei, auch Lamda, und es gab überhaupt nie Streit. Wie gerne erinnere ich mich an diese Tage.